フィギュール彩 56

MISHIMA Yukio,
HIS ATTEMPT TO PLUNGE INTO
THE IMPERIAL PALACE
Kozo Suzuki

三島由紀夫
幻の皇居突入計画

鈴木宏三

figure Sai

彩流社

目次

はじめに　「三島事件」は計画変更の結果だった

昭和四十五（一九七〇）年十一月二十五日、いわゆる「三島事件」が起こった。事件の概略は、次のとおりである。

三島由紀夫は、自らが組織した民間防衛組織「楯の会」の四名の会員を引き連れて、陸上自衛隊市ヶ谷駐屯地の東部方面総監部を訪れた。四名は、学生長森田必勝《まさかつ》のほか小賀正義、古賀浩靖、小川正洋だった。彼らはすべて楯の会の制服を着ていた。かねて面会の約束を取りつけていたので、総監室にいる益田《ました》兼利総監のもとに案内された。

しばらくのあいだ、三島が持参した日本刀を話題にして話しあったあと、やにわに小賀が総監のうしろに回って総監の首をしめ、猿ぐつわをかませた。それに続いて、古賀と小川が細引きで総監の両手両足を縛り、椅子に縛りつけた。さらに森田は、総監室の正面と、隣接する幕僚長室および幕僚副長室に通ずる出入り口に、椅子、テーブルなどでバリケードを築いた。総監室の異常を知った隣室の幕僚たちが、バリケードを破って総監室に入り乱闘状態となった。三島は、「外へ出ないと総監を殺すぞ」と叫びながら、日本刀で切りつけ、八人に傷を負わせた。幕僚たちはやむをえず退室し、協議のうえ、総監の身の安全を第一に考えて、三島が提出した「要求書」の内容を呑むことに決めた。要求書に従って、駐屯地の全自衛官が総監室前の中庭に集合させられた。

約八百人の自衛官が集合すると、森田、小川らが中庭に面したバルコニーから、六項目の要求を書いた垂れ幕をさげ、檄文多数を撒いた。続いて、三島が森田とともにバルコニーに現われ、演説をはじめた。肉声による演説は、自衛隊員のはげしい野次を受け、また事件を知った報道機関のヘリコプターが上空を旋回していたため、ほとんど聞き取れなかった。しかし、内容は撒布された檄文と同趣旨のもので、憲法改正のために自衛隊が立ち上がることを訴えるものだった。

三島は声を嗄らして、次のように叫んだ。去年十月二十一日の国際反戦デーのデモが圧倒的な警察力の下に不発に終わったために、憲法改正の機会がなくなった。それ以来、自衛隊は自らを否定する憲法を守るためのものになってしまった。どうしてそれに気づいてくれなかったのだ。そして最後に、「憲法に体をぶつけて死ぬ奴はゐないのか。もしゐれば、今からでも共に立ち、共に死なう」と呼びかけ、それに応じる声のないことを確認してから、「天皇陛下万歳」を三唱して、総監室に戻った。

三島は総監室に戻ると、総監の前で制服を脱ぎ正座した。両手で短刀を握り、気合を込めて左脇腹に突き立て右へ引き回した。背後に立っていた森田が、介錯のために日本刀を振り降ろしたが、首を完全には切り落とせず、古賀がその太刀を受け取り、介錯を果した。次いで森田も同様にして切腹。古賀が一太刀で介錯した。その後、残った三人は、二人の遺体を仰向けにし、制服をかけ、首を並べ、合掌した。そして、総監の縛を解き、総監とともに部屋を出て、警察に逮捕された。

三島はなぜこのような行動に及んだのか。

ノーベル文学賞候補にまでなった人物が、なぜその思想表明を文筆活動の枠内に収めず、政治的とみられる直接行動に走ったのか。そして、その直接行動は、クーデターを目指したものだったのか。憲法改正という問題がなぜ命を懸けるほどに重要だったのか。またなぜ、その結末が切腹そして介錯という激越なかたちをとらなければならなかったのか。それは、純粋に政治的な事件として解釈すべきなのか、それともいわゆる三島美学の帰結と解釈すべき文学的事件なのか。その行動と文学のあいだにはどんな接点があるのか、あるいはないのか。さらには、三島だけではなく、なぜ森田必勝という若者も一緒に死なせてしまったのか。三島事件は、昭和史最大の謎のひとつである。

事件直後以来、各方面からおびただしい論評が寄せられてきたが、謎の根本的な解明に寄与するようなものは未だに現れていない。

私は、謎解明のために一石を投じたいと思い、この本を書いた。まず、本格的な謎解明の前段階として、ふたつのことを明らかにしようとした。ひとつは、三島は憲法改正を訴えて自決したが、憲法改正の主張は、けっして一貫したものではなかったということである。もうひとつは、昭和四十四年十月二十一日に、自衛隊の治安出動の可能性が消えたが、それと同時に、それまで築き上げられてきた決起計画がすべて水泡に帰した、ということである。

まず、ひとつめの問題について。

檄文によれば、三島は、昭和四十二年四月の自衛隊体験入隊以来、自衛隊を国軍とする憲法改正を念願としていた。そして、憲法改正が議会制度下においては難しい状況にあるので、自衛隊が治安出動するときこそがそれを実現できる唯一の機会と考えていた。その時、楯の会は自衛隊と連携して、憲法改正に立ち上がろうとしていた。しかし、四十四年十月二十一日の国際反戦デーにおいて、圧倒的な警察力がデモを封じ込めることに成功して以来、治安出動の可能性は消えてしまった。そこでやむをえず方向転換をして、自衛隊に、憲法改正に立ち上がることを求めてこのように自衛隊に乱入した。

しかし、この檄文の内容には大きな疑問を禁じ得ない。たしかに、最初の自衛隊体験入隊の頃すでに、彼が治安出動に強い関心を抱いていたことは明らかである。しかし、その頃も、そしてその後しばらくのあいだも、彼は、積極的な憲法改正論者ではなかった。広義の改正論者ではあるにしても、それを喫緊の課題とは考えていなかった。

憲法改正を強く主張し始めるのは、事件の一年ほど前からにすぎないのである。檄文によれば、体験入隊以来、彼が目指してきた目標は憲法改正であり、それを実現する機会が治安出動である。しかし実際には、治安出動に対する期待のみが四年前から強烈であり、それに比べて、憲法改正に対する姿勢を明確にするのは、それから三年近くを経てからに過ぎないのである。治安出動のときこそが憲法改正の唯一の機会であり、その憲法改正の機会を四年間待ち続けてきた、という檄文の主張を言葉通りに受け取るのは難しい。

檄文は、三島事件においてある絶対性を持っている。偉大な作家が命を懸けた行動をしたときの文書である。そこに嘘がまぎれこんでいると考えるのにはかなりの勇気がいる。しかしおそらく、檄文そのものが事件の謎解明を阻んでいる壁である。そのことを第一章でくわしく述べた。

もうひとつの確認しておきたい前提は、昭和四十四年十月二十一日の国際反戦デーにおいて治安出動の可能性が消えたということによって、それまでの決起計画がすべて無に帰したのだろう、ということである。

四十四年十月二十一日が、彼に大きな失望を与えたことは間違いない。その点については、ほとんどの三島研究者の見方が一致している。しかし、治安出動が、それまで三島が進めていた行動計画とどのように関係していたのか、さらには、治安出動の機会がなくなったという失望が、その後の三島と楯の会の行動にどういう影響を及ぼしたのか、については、それほど突き詰めた議論がされてこなかった。

この点について、楯の会初代学生長持丸博の発言は興味深い。彼は、事件当時は、楯の会を去っていた。事件から四十年後になってようやく重い口を開き始めた。しかしそれから間もなく、彼は平成二十五年九月、逝去した。事件についての証言をまとまった本にしようとしていたとも聞いているが、それは叶わなかった。

彼は、楯の会は、事件の前年の昭和四十四年十月二十一日に、すでに「本来の意味でその役割を終えたと言うべきです」と語っている（持丸博・佐藤松男『証言　三島由紀夫・福田恆存　たった一度の対決』）。それは、彼によれば、「楯の会の設立の目的は、革命に対する反革命であり、あくまでもリアクションとしての行動を予定していたもの」だったからである。

さらに驚くべきことには、「(その二週間後の) 十一月三日の楯の会一周年パーティーは楯の会の解散式であるべきだった」とまで言っている。持丸の妻、松浦芳子は、次のような夫の言葉を書き留めている。「状況は変わった、楯の会が出動するチャンスは今やなくなった、今後それぞれの分野で会員として誇りある生き方をしてくれ、といって解散すべきだったと私は思っています」（松浦芳子『自決より四十年　今よみがえる三島由紀夫』）。

昭和四十四年十月二十一日以前と以後で、三島と楯の会の行動は、決定的に断絶している。そのときの失望は、その後の行動計画に部分的修正を迫るという程度のものではなく、「全てが終った」と思わせるものだった。その後の彼の言動を注意深く観察すれば、それまでの行動の世界が水泡に帰したことへの激しい落胆をそこかしこに読み取ることができる。そのことを第四章で詳しく述べた。

以上の二点は、ほぼ確実に論証できることである。その二点を確認した上で、私は、本格的な謎解明に挑戦した。中心的な謎はふたつある。ひとつは、昭和四十四年十月二十一日の失望を乗り越えて、どのような経緯を辿って、三島と楯の会は、自衛隊乱入へと至ったのかという問題である。

持丸によれば、昭和四十四年十月二十一日、楯の会は存在意義を失った。したがって、その後ほどなくして解散するべきだった。しかし実際には、楯の会は解散しなかった。なお一年ほど存続し、あの三島事件を起こした。終ったはずのものがなぜ終らなかったのか。そしてなぜあのような事件を起こさなければならなかったのか。

もうひとつの謎は、治安出動があったときに、三島は楯の会を率いて何をしようとしたのかという謎である。前者の謎は二次的な謎であり、後者の謎が最大の謎である。

治安出動があったとき、三島は何をしようとしていたのか。それが憲法改正でないことはほぼ確実である。明らかなことは、楯の会が自衛隊の一部と連携して、何かの行動を起こそうとしていたということだけである。その計画は治安出動のときだけに可能なものであり、治安出動の可能性が消えたとき、すべて無に帰したのだろう。

そのふたつの謎に迫るための状況証拠はそれほど多くはない。私は、大胆な推理をしてみた。私の推理のなかには、明瞭な誤りが含まれているかもしれない。しかし問題は、私の推理の当否そのものではなく、その議論が突破口としての役割を果たして、三島の謎の解明が進むかどうかである。そのためにいささかの貢献ができれば、それ以上の幸いはない。

私の推理の視点と、推理の結果の概略を、あらかじめ、ここで述べておくことにする。

前者の謎の推理から始めた。意外と思われかもしれないが、私はこの問題を、三島自身の思想という観点からではなく、三島の楯の会会員への責任という観点から考えた。

楯の会という組織が作られることになるそもそもの端緒は、事件の四年前の万代潔という若者との接触にさかのぼる。その時三島は、「年長者の責任」を感じている。しかも、それを「無限定のものに対する」「怖ろしい」責任として意識している。「青年の本質こそ無限定」だからである(「青年について」)。その後つねにこのような強い責任を意識しながら、彼は、楯の会会員たちと接触していたはずである。

昭和四十四年十月二十一日、楯の会は存在意義を失った。そのとき、三島は何を考えただろうか。自分自身の失望はもちろん大きかっただろうが、それとともに、会員たちに対する重い責任を感じたと思われる。三島は、「年長者の責任」と言うが、通常の意味での「年長者の責任」をはるかに超えた責任である。

三島と会員たちとの差はあまりにも大きい。三島は著名な大作家。会員たちは、人生においてまだほとんど何事もなしえていない無名の若者たち。その若者たちを彼は自分の行動の世界に誘い込んだ。そして彼らは、彼と生死を共にしようと決意して行動を共にしてきた。彼らを、このまま放り出すことはできない。放り出すことは、彼自身の恥辱でもある。三島は、一般的に言っても、いったん交友関係を結んだ人物とは、きわめて律義で誠実な対応をする人間だった。その三島が、彼自身が作った楯の会という特殊な組織の会員たちに対して、存在意義が無くなったからといって、彼らを放り出そうとしたとは思えない。

彼は次のように考えたのではなかろうか。存在意義を失った楯の会に、別の新しい存在意義と行動計画を与えて、彼らとともに決起し、彼らに対する責任を果たす。そのうえで、楯の会を解散させる。そして彼らに、それぞれの新しい人生を歩み出させる。

本来の決起計画が瓦解してまもない昭和四十四年の暮れに、三島は楯の会のなかに「憲法研究会」をつくり、「憲法改正案」の作成を命じた。楯の会に新しい存在意義を与えるために選ばれたのが、憲法改正というテーマだった。それは、会員たちを納得させることができる最大公約数的なテーマだった。会員たちを満足させるためには、会員自身に改正案を作らせるのが望ましい。残念ながらその作成は、翌四十五年十一月二十五日の自衛隊乱入事件には間に合わなかった。

しかし、おそらく彼は、その改正案を掲げて決起しようとしていたのだろう。その改正案はあくまでも楯の会の改正案であって、三島の改正案ではない。三島は、彼自身の思想を訴えるために、憲法改正を絶叫したのではない。あくまでも楯の会の会員のために行ったことである。

最大の謎、つまり治安出動があったときに三島が計画していたことは何か。

その謎に迫るためには、彼が、行動計画を作る際に、どのような方法論を採用していたのかが明らかにされなければならない。彼の行動の世界においては、おそらく独特の方法論があったと思われる。その方法論が明らかにされないままであることが、三島の行動の世界における言動が謎である大きな理由である。

事件に至るまでの彼の言動には、常にある種の不可解さがつきまとっていた。一見、それは論理的に見えるけれど、どこか妙だ、どこまで本気なのだろうか、という思いを抱かせるものだった。また彼の政治的発言は、つねにファナティックで硬直的な表現でなされた。それは、彼の文学作品における表現とはあきらかに異なる。使い分けをしていたと思われる。

彼の国防に関する議論とそれを踏まえた行動計画の立案には、周到な独特の方法論が隠されていた、と私は考える。当初の計画どおりのものが結果として実現した場合には、その方法論が明らかにされただろう。しかし、その計画は実現できなかった。そのことによって、その方法論も隠されたままに終わったのではないか。

彼が採用した可能性のある方法論とは何だったろうか。彼がもっとも熟知し慣れ親しんでいた方法論が、それだったのではないか。それは、彼の文学作品を創作するときの方法論である。

彼は、大学時代に学んだ刑事訴訟法からヒントをえた方法論にしたがって、ほとんどの創作をした。それは、最初に作品の結末を想定し、そのあとで、その結末が自然な結果として招来されたかのように見せる論理を周到に作り上げるものだった。つまり、「結果」が先にあって、その結果を必然と見せる「原因」をあとで作る、という方法論である。

三島が政治的行動の世界へのめり込んでいくのは、「英霊の聲」を書き上げてからである。その後まもなく自衛隊に体験入隊し、楯の会を作る。他方、祖国防衛隊構想や「文化防衛論」も発表するようになる。そして彼は、自分の行動の世界が「英霊の聲」の延長線上にあることをたびたび示唆している。しかし不思議なことに、行動の世界には最後まで「英霊の聲」の痕跡は見えない。

結局、日の目を見ることのなかった結末は、「英霊の聲」のテーマと関係するものだったのではなかろうか。おそらく彼は、「英霊の聲」を書き上げてまもなく、行動計画の結末を思い描いた。

そしてその結末を秘匿しながら、そこにいたるまでのプロセスを入念に練り上げた。われわれが知ることのできる彼の言動はそのプロセスの一部である。プロセスはあくまでも結末を準備するためのものである。プロセスだけから彼の真意を探ることはできない。

三島の行動について、「自己劇化」と言われることがある。私もその見方に同意する。しかし「自己劇化」とは、ひとコマひとコマの行動が演劇的な効果を狙っていたというだけのことを意味するのではない。その行動計画全体の筋書きが、ドラマの創作と同じような方法論で構想された、と私は見る。

それでは、最初に想定されながらついに日の目をみることなく終った自己劇化のクライマックスとは、何だったのだろうか。

「皇居突入計画」がそれだったのだろう、と私は推理した。皇居突入計画とは、三島と親交を結んだ自衛隊の情報将校であった山本舜勝《きよかつ》の証言のなかに出てくるものである（山本舜勝『三島由紀夫　憂悶の祖国防衛賦』）。

皇居突入計画に言及している研究者はけっして少ないわけではない。しかし、ほとんどの場合、コメントらしいコメントを加えていない。その計画をどのような文脈で理解したらよいのか当惑しているように見える。おそらく、憲法改正を訴えた自衛隊乱入が当初からの一貫した計画だったという先入観が抜けきらないことが、その大きな理由であろう。その先入観からすれば、皇居突入計画は、本筋とは無関係な傍流の計画としか見えないからである。

しかし、この計画の位置づけが難しいもっと根本的な理由は、なによりも、その具体的な内容がほとんど不明だということである。皇居に突入して何をしたかったのか、ほとんど分からない。特に、天皇（昭和天皇）に対してどうしようとしたのかがまったく分からない。

しかし、その計画に触れているかもしれない三島の言葉がある。それは、実に奇怪な言葉である。文芸評論家の磯田光一は、事件の一カ月ほど前、三島が彼に「本当は宮中で天皇を殺したい」と言ったという（「模造文化の時代」『新潮』昭和六十一年八月号）。本当に彼はそんなことを言ったのか、と疑われるような不可解な言葉である。磯田の勝手な創作ではないか、とも思いたくなる。しかし、「宮中で……」とは、実際に存在していた皇居突入計画を指すとも解釈できる。ただの白日夢的な空想ではないかもしれないのである。

磯田に語ったとされる言葉だけから皇居突入計画の意味を考えることは、きわめて危険な試みである。「天皇を殺したい」とは、あまりにも恐ろしい言葉である。本当にそのとおりのことを三島が言ったかどうかについての判断は、慎重でなければならない。磯田の言葉は、三島の言葉を正確には伝えていないという可能性もある。その点についての判断は、留保したい。

その点については留保するにしても、重要なのは磯田の発言が、「英霊の聲」と関係していることである。

磯田によれば、三島は、天皇は「人間宣言をしたためにだめになった」、「人間天皇を抹殺することによって『英霊の聲』に出てくる超越者としての天皇を逆説的に証明する」という意味のことを語ったとされる。

彼は、幻に終わった皇居突入計画において「英霊の聲」のテーマを行動に移そうとしていた、とは考えられないだろうか。

だとすれば、皇居突入計画の詳細を明らかにすることは不可能だとしても、その計画に込められた文学的意味は推測できるのではないか。

さらに、この磯田が伝える言葉は、三島が死の一週間前に行った古林尚《ふるばやしたかし》との対談での発言と重なり合うように思われる。彼はそこで、ジョルジュ・バタイユに依拠しながら、繰り返し、「絶対者」を犯す罪に言及している（「三島由紀夫 最後の言葉」）。そして、天皇を「絶対者」になぞらえている。

磯田に語ったとされるのは死の一カ月前。古林との対談は一週間前。三島は、果たせなかった計画を完全に闇の中に残して死ぬことに耐えられなかったのではなかろうか。断片的にでもそれをほのめかしておきたかったのではないか。

三島の文学の世界と行動の世界をまったく別のものとして受けとめる人は多い。彼の文学は偉大であるが、彼の行動の世界は理解できないというように。あるいは、彼の行動の世界を文学とは別種の完結した世界と見て、評価あるいは否定する人々も多い。

私は、三島が念願としていた皇居突入計画を、「英霊の聲」および、死の一週間前の古林との対談と結びつけて考えた。そして彼の当初の計画では、行動の世界のクライマックスは彼の文学と密接に関わるはずのものだった、と解釈した。

皇居突入計画が自衛隊乱入へと切り換えられたために、行動の世界は彼の文学の世界と接点を持たないままに終わってしまったのであろう。

第一章　事件一年前まで三島は憲法改正を主張していなかった

三島事件の謎解明を阻んでいる大きな要因は檄文そのものである。

この章では、憲法改正を四年間待ち続けてきたという檄文の主張は、フィクションとしか考えられないことをいろいろな側面から明らかにしておきたい。それが謎解明の第一歩である。

檄文で三島は次のように言っている。

四年前、私はひとり志を抱いて自衛隊に入り、その翌年には楯の会を結成した。楯の会の根本理念は、ひとへに自衛隊が目ざめる時、自衛隊を国軍、名誉ある国軍とするために、命を捨てようといふ決心にあつた。憲法改正がもはや議会制度下ではむづかしければ、治安出動こそその唯一の好機であり、われわれは治安出動の前衛となつて命を捨て、国軍の礎石たらんとした。（略）

われわれは四年待つた。最後の一年は熱烈に待つた。もう待てぬ。自ら冒瀆する者を待つわけには行かぬ。しかしあと三十分、最後の三十分待たう。共に起つて義のために共に死ぬのだ。

つまり、四年前に自衛隊体験入隊をしたときから、彼は一貫して憲法改正の悲願を抱いていた。楯の会を設立したのも、その実現に寄与するためだった、というのである。

この点について、ジャーナリストの徳岡孝夫は疑問を抱いている。彼は事件の当日、NHKの伊達宗克とともに、この檄文を託された。彼が疑問を抱いたのは、檄文の内容が、以前に彼のインタビューに答えた時の三島の言葉と明らかに矛盾するからである。

三島が昭和四十二年四月から一カ月半におよぶ体験入隊を終えた直後、徳岡は三島の取材をしている。そして、そのインタビュー記事は、三島自身の体験手記を加えて、『サンデー毎日』(昭和四十二年六月十一日号)に掲載された。檄文によれば、このころから三島は憲法改正の機会を待望していたはずだが、しかしこのときの三島の発言は、憲法改正に否定的なものだった。憲法九条をめぐる徳岡と三島の応答は次のとおりである。

問　憲法第九条は〝戦力の放棄〟を宣言してゐます。いまの自衛隊は〝戦力なき軍隊〟といふ言葉のうへのこじつけから発足したと考へる日本人は多いのです。ところが一方では「あらゆる国家は固有の自衛権を持つてゐる」といふ考へから、自衛隊を合憲と見ようと主張する人も多いのです。あなたのお考へは？　そのお考へは、体験入隊の前とあととでかはりましたか。

三島　私の考へは、体験入隊の前とあととでこの問題に関してはすこしも変つてゐません。しかし、いまは、この問題で大議論をする時期ではない。少なくとも私は、いまの段階では憲法改正は必要ではないといふ考へに傾いてゐます。といふのは、憲法改正に要する膨大な政治的、社会的なエネルギーの損失を考へるなら、それを別のところに使ふべきだと思うから。

（「三島〝帰還兵〟に26の質問」）

憲法改正問題をめぐる政治的状況は、その後四十年以上経過して大きく変化した。現在では、憲法改正が国会において発議される可能性は十分ありうる。安倍晋三首相は、自分の在任中に憲法改正を行いたい、と明言するまでになった。近年急速に現実味をおびてきたこの憲法改正問題を、三島事件と結びつけて論じる人は少ないように見えるが、三島が命を懸けて訴えた憲法改正を今こそ、と思っている人々も皆無ではないかもしれない。三島がどのような経緯を経て憲法改正を訴えるようになったのかを辿ることは、今日的な意味をも持つであろう。

四十数年前は、改正論者は圧倒的に少数者だった。自民党の政治家でさえも、マスコミの攻撃を恐れてそれを口にする人は少なかった。したがって、本気で憲法改正をしようとすれば、国民の意向をそちらに向けるためには、まさに「膨大な政治的、社会的なエネルギー」が必要だった。そのような状況においては、インタビューにおける三島の答えは、それなりに理解できるものである。

しかし、その点は措くとしても、このとき三島は、明確に憲法改正は必要ではないと言っていた。徳岡は、このときの三島の発言と檄文の主張との相違に、不可解な思いを禁じ得ないでいる。

死ぬ三年半前の三島さんは、たとえ戦略的理由からにもせよ、憲法改正は必要ないと言っていた。それが三年半後には、切腹しなければならないほどの大事になった。急に傾斜していったのならともかく、「四年待った」と言った。何を起点に四年と言うのか、私は怪訝でならない。三島さんの言動に自家撞着を感じずにおれないのだ。

（徳岡孝夫『五衰の人』）

「四年待った」という言葉に疑問を抱いている人がもうひとりいる。神道家の葦津珍彦《あしづうずひこ》である。葦津は事件直後、民族派の機関誌で次のようなコメントを発表していた。彼によれば、三島は「二年前までは」憲法改正を主張していなかった。それ以後に、なんらかの事情があって、彼は憲法改正論者に変貌したのだろう、と言う。

事実かれの著作を見れば明らかだが、かれの思想は、急流のやうに変遷している。一例をあげれば、二年前までは、かれは「現行憲法の法理の下に」自衛隊に対し、天皇が栄誉を与へられることの必要を力説してゐた。そのころかれは、帝国憲法流の「天皇統帥大権」には同意できぬとも言明してゐた。そのかれが、「現行憲法」を即時否定して決起せねば、自衛隊の名誉は保たれないと絶叫して死んだ。この思想の論理の激しい変遷は、かれの必死の行動の進展とともに進展したのであらう。その経緯は、ただマスコミの活字に現はれた文字のみを見ても分からない。生存して、かれの決起の真意を伝へる任務を託せられた三名の同志から、かれの行動の経過を聞くことによってのみ正確に知り得るであらう。

（葦津珍彦「三島事件の教訓」『新勢力』昭和四十六年一月号）

「二年前」とは、昭和四十三年七月に発表された「文化防衛論」を念頭においてのことであろう。「文化防衛論」において、三島は天皇を「文化の全体性の統括者」とみなし、その「文化概念」としての天皇を中心に据えて防衛論を展開している。その防衛論は、あくまでも現行憲法を前提にして展開された防衛論である。三島は、そこで次のように言っている。

菊と刀の栄誉が最終的に帰一する根源が天皇なのであるから、軍事上の栄誉も亦《また》、文化概念としての天皇から与へられなければならない。現行憲法下法理的に可能な方法だと思はれるが、天皇に栄誉大権の実質を回復し、軍の儀仗《ぎじやう》を受けられることはもちろん、連隊旗も直接下賜されなければならない。

（「文化防衛論」）

葦津の指摘しているとおり、「文化防衛論」では、自衛隊が天皇から直接、軍事上の栄誉が与えられることを求めている。そしてそれは、「現行憲法下法理的に可能な方法だと思われる」と三島は言っているのである。憲法を改正しなければそれが実現できないとは言っていない。また、自衛隊を国軍として認知させなければならないとも言っていない。檄文の内容は、「三年半前」どころか、「二年前」の三島の考えとも矛盾しているのである。

葦津は、「この思想の論理の激しい変遷は、かれの必死の行動の進展とともに進展したのであろう。その経緯は、ただマスコミの活字に現はれた文字のみを見ても分からない」と言う。その行動の世界とは、一般の人びとの目からも、彼と親しかった文学者仲間からも隔てられたところで展開された特殊な世界である。それでは、その特殊な行動の世界を三島と共有した人びと、つまり、楯の会会員の証言が得られれば、その経緯は明らかにされるのだろうか。

当然ながら葦津はそう考えて、事件に参加した三人の楯の会会員の証言に期待した。彼らから期待されたような証言は得られただろうか。残念ながら、その期待は満たされていないと言わざるをえない。彼らの証言は、伊達宗克がまとめた『裁判記録「三島由紀夫事件」』などから、ある程度知ることができる。しかし、そこから、三島の憲法観の変化をたどることはまったく不可能である。彼らは、三島に憲法観の変化があったこと自体を認識していない。事件に直接参加しなかった他の楯の会会員の証言も、その後ときどきマスコミに現れたが、事情はほぼ同じである。

檄文の論旨は、事件の「二年前」の思想からは変化したものになっている。二年前までは、三島は憲法改正を主張していなかった。そのことは、三島と親しかった村松剛の言葉とも符号するかもしれない。「戦後の腐敗をつきつめてゆくと、最後はどうしても憲法に行きつくということを、三島氏はこの一、二年ことに力説していた」（村松剛『三島由紀夫――その生と死』）。「一、二年前から」ということは、それ以前はほとんど、憲法改正に触れた発言をしなかったということであろう。

楯の会会員以外に三島と行動の世界を共にした人物として、山本舜勝がいる。彼は、三島と知り合った当時、自衛隊調査学校情報教育課長であり、のちに副校長になった。彼は、三島の自衛隊体験入隊後間もなくから、三島および楯の会と密接な関係を持ち、楯の会会員に対して、しばしば共産主義勢力による間接侵略の可能性について講義を行い、さらに民間防衛のための軍事的な実地訓練の指導をした人物である。その山本なら、三島の憲法観の変化について何か知っているかもしれない。しかし驚くべきことに、彼は、三島が憲法改正に熱意をもっていたことをまったく知らなかったと言っている。しかも、事件のときの檄文を読んではじめてそのことを知ったというのである。

私は、憲法改正について三島と論じ合ったことはなかった。彼が憲法改正を深く意識していることを私がはっきりと認識したのは、三島と直接触れることが少なくなった自刃三カ月前に旅先から送られてきた書類を読んだときだった。

しかしそれも、「憲法改正を前提とする」という抑制された表現であった。彼が私に対して、憲法問題について直接問いかけるような場面がなかったのもごく自然なことと感じられるのである。（略）

三島が抑制してしまったのか、私が、そのことについては語り合ってはならないとする姿勢を見せていたためか、あれほど憲法改正に関する主張の強さ、厳しさを秘めていることに、結局私は自刃の際の檄文を見るまでわからなかったのである。

（山本舜勝『自衛隊「影の部隊」――三島由紀夫を殺した真実の告白』）

奇妙な証言である。檄文の言うところによれば、治安出動の機会をとらえて憲法改正のために決起することを、三島は四年前から決意していたはずである。三島と山本との関係からすれば、二人は密接な連携のもとに憲法改正を目指す決起計画を練っていたと想像される。しかしその山本が、三島と憲法改正について話し合ったことがなかったというのである。

三島と山本との関係は、事件の一、二年前から疎遠になっていた。もしかすれば、憲法改正が三島の念頭に浮かぶようになったのは、二人の関係が疎遠になって以後のことなのかもしれない。そうすれば、「一、二年前」からという村松の言葉とも、時期的には符号する。だとすれば、彼が山本に憲法改正問題を切り出さなかったのは当然のこととも考えられる。

「文化防衛論」より少し時間的に遡るが、三島が熱心な憲法改正論者ではなかったことを明瞭に示している例をもうひとつ挙げておきたい。それは、福田恆存との「文武両道と死の哲学」と題する対談における発言である。『論争ジャーナル』昭和四十二年十一月号に掲載された。実際の対談は、同年の九月末に行われた。

彼は、現行憲法下の日本を、「ぎりぎり縄でしばられている」状態にたとえている。そのうえで、それに抵抗する日本人を二種類に分けている。一方は、刃物のあるところに行って、自分のからだが傷ついてもいいから、縄をなんとかこすり切ろうとする人間である。他方は、縛られていることは、食事や風呂などそれなりに世話をしてもらえるのだから、具合のいいこともあると考える。そして、「インドの手品」のように、「人知の限りを尽くせば」、かならずどんな縄でも抜けられると考える立場である。

檄文の主張からみれば、三島は前者に違いないと思われるが、意外なことに彼は、自分は後者の「縄抜け派」だと明言している。それに対して、福田のほうがはっきりと改憲を主張している。

このような発言を見れば、山本が三島と憲法改正について話し合ったことがないのは、当然のことだろう。この対談から三カ月後に、三島は初めて山本と接触する。三カ月の間に、憲法改正について重大な思想上の変化があったとは考えにくい。三島は、憲法改正とはまったく無関係なところで、山本との関係を深めようとしていたと思われる。

三島はいつから憲法改正を主張するようになったのか。いつからかははっきりしないが、昭和四十四年の末には憲法改正の旗幟を鮮明にするようになった。

それは、楯の会に「憲法研究会」を設置したときである。昭和四十四年十二月二十四日、三島の命令によって、楯の会のなかに憲法研究会が設置された。その目的は、憲法改正案を作成することである。彼は、「憲法改正の緊急性を思うため、楯の会としても独自の改正案を作成する。このため直ちに準備に入るよう」指示した（松藤竹二郎『日本改正案　三島由紀夫と楯の会』）。

しかし、この時期になって憲法改正案に着手するということは、憲法改正が従来からの一貫した主張ではなく、急遽浮上してきた問題だということを意味するだろう。

「憲法改正の緊急性」というが、昭和四十四年末という時期は、すでに政治的な熱狂が急速に沈静化しようとしている頃だった。当時の社会的状況からすれば、憲法改正の是非が緊急に問われなければならないような切迫性はなかった。

檄文によれば、憲法改正の可能性が決定的に消滅したとされるのは四十四年十月二十一日である。それから二カ月が経過して、ようやく改正案の作成に着手するというのは、不自然である。あまりにも遅すぎる。憲法改正案を作るのであれば、作成作業は、憲法改正をめざす決起計画に先立って、あるいは、遅くとも、それと平行して進められていなければならなかったはずである。それなのに、よりによって、憲法改正が絶対的に不可能になったとされるとき以後に、改正案作成に着手しているのである。

「文化防衛論」を発表したのが昭和四十三年七月。楯の会に憲法研究会が設置されたのが昭和四十四年十二月。その間の一年五カ月ほどのあいだのどこかで、憲法改正問題について重大な方向転換があったと見なければならない。それはいつなのか。またその方向転換を促した原因は何なのか。

その問題について、もう少し別な角度から考えてみたい。別な角度とは、治安出動に対する関心である。

いままで述べてきたように、三島が自衛隊に体験入隊したころから熱心な改憲論者であったことは疑わしい。しかしその一方で、体験入隊のとき以来一貫して、自衛隊の治安出動の機会を期待し続けていたことは確実なのである。檄文にしたがえば、目的は憲法改正である。治安出動はその目的を実現するための機会である。

しかし、目的であるはずの憲法改正の主張はかなり後になって明らかにされるのに対して、その機会であるにすぎない治安出動に対する関心は、当初から一貫しているのである。

先に触れた徳岡によるインタビューの中で、彼はすでに治安出動に触れている。

これは私個人の考へですが、自衛隊法第三条にある「直接侵略、間接侵略に対して自衛する」といふ、その「間接侵略」とは内戦想定にほかならないと思ひます。しかし自衛隊内には内戦想定にはつきり踏みきれないものがなにかあるやうで、私は「はつきり内戦想定に踏みきるべきだ」といふことをいつてきました。

なぜなら自衛隊の使命とする戦闘は、当面それしか考へられないからです。

「内戦想定」とは、自衛隊の治安出動の想定にほかならない。

山本舜勝との関係も、当初から治安出動の想定の上に築かれたものであった。山本が三島に関心を持つようになったきっかけは、昭和四十二年に彼が、三島の書いた「祖国防衛隊はなぜ必要か?」というパンフレットを読んだことにある。山本は当時、昭和四十五年の日米安保条約改定のときに予想される政治的大混乱に備えて、自衛隊は治安出動の覚悟をかため、そのための準備を進めるべきであるという考えをもっていた。

当時、全国の大学では学園紛争の嵐が吹き荒れ、ベトナム戦争の泥沼化による反米感情も強まり、左翼各派の思想は先鋭化し、また暴力化しつつあった。日米安保改定期の昭和四十五年にはかつてない大騒乱が起こるだろうと予想されていた。保守派の人びとのあいだでは、革命が起こるかもしれないかという恐怖さえ芽生え始めていた。

そのような状況のなかで、山本が治安出動の準備を考えるようになるのは、じゅうぶん理解できることである。山本には、三島のこの「祖国防衛隊はなぜ必要か?」というパンフレットは、彼の考えに合致するものと思えた。三島は治安出動に備えて、自衛隊と連携できるような「民間防衛隊」を組織しようという計画を述べていた。山本の言葉によれば、彼はこの内容に「共振して」、それ以後、三島および楯の会との関係を深めていくのである。

三島は自衛隊体験入隊以後、いろいろなところで防衛論を発表するようになる。それらの議論のほとんどは、治安出動に触れている。

昭和四十二年四月の自衛隊体験入隊以後に発表された防衛論のおもなものは次のとおりである。

時系列にしたがって列挙してみる。

①「自衛隊を体験する」（昭和四十二年六月『サンデー毎日』、前記の徳岡孝夫によるインタビューと三島の手記）

②「祖国防衛隊はなぜ必要か？」（昭和四十二年十一月、山本舜勝が三島と緊密な関係を持つ機縁になったパンフレット）

③「文化防衛論」（昭和四十三年七月『中央公論』）

④「わが自主防衛」（昭和四十三年八月『毎日新聞』）

⑤「茨城大学における学生とのティーチイン」（昭和四十三年十一月）

⑥「自衛隊二分論」（昭和四十四年四月『20世紀』）

⑦「『国を守る』とは何か」（昭和四十四年十一月『朝日新聞』）

⑧「『変革の思想』とは」（昭和四十五年一月『読売新聞』）

⑨「武士道と軍国主義」、「正規軍と不正規軍」（昭和四十五年八月、三島から山本に送り届けられた文書。昭和五十三年八月にPLAYBOYに掲載）

これらの防衛論の論旨はほぼ一貫している。その骨子は次のようなものである。

防衛論議は、核兵器の存在を前提にせざるをえない。日本は核が無ければ国を守れない、しかし核はもてない、というジレンマをかかえている。したがって、日米安保条約によってアメリカの核の傘の下に入ることで、安全を確保しようとしている。そのような状態では、通常の意味での自主防衛はありえない。しかし日本にとって唯一の自主防衛の可能性をもつのが、間接侵略への対処である。間接侵略とは、外国勢力に誘導された国内の諸勢力が、国内において内乱状況を惹き起す事態である。その諸勢力を警察力だけでは抑えられず、自衛隊が治安出動するときこそが、唯一の自主防衛の機会である。

ここで注意しなければならないのは、彼のこの防衛論は、あくまでも現行の体制のもとで国防の可能性を探ったものだということである。現行の体制のもとでとは、日本国憲法と日米安全保障条約のもとでということである。たとえば、「わが自主防衛」のなかで、彼は「現憲法下で」と明記したうえで、次のように述べている。

私は昨春四十五日間、陸上自衛隊に体験入隊をさせてもらつた。
私が陸上自衛隊にとくに目をつけたのは、海外派兵のありえぬ現憲法下で、唯一のありうるケースの戦争は国土戦であり、かつ種々の点から見て蓋然《がいぜん》性の濃いのは間接侵略であり、対間接侵略の主役は陸上自衛隊だと考へたからである。

三島の防衛論のなかには、「自衛隊二分論」というユニークな主張も含まれている。それは、自衛隊を「国土防衛軍」と「国連警察予備軍」に二分すべしという案である。

「国土防衛軍」は、陸上自衛隊の八割ないし九割と、海上自衛隊の二割ないし三割、および航空自衛隊の一割をもって編成されるものであり、いかなる外国とも条約を結ばず、日本の国土を守り、間接侵略に対処するための軍隊である。他方、「国連警察予備軍」は、海上自衛隊の七割から八割、それに陸上自衛隊の一割から二割、さらに航空自衛隊の九割をもって編成される。それは、日米安保条約に制約されながらも、国連のもとでさまざまの紛争解決に貢献する。「予備軍」と言われるのは、憲法改正をしなければ、日本が国連警察軍に参加して海外派兵することは難しいという立場に立つからである。

しかし、将来の改正を見込んで、国内法で「予備軍」を編成することは可能だ、と彼は考える。ここで憲法改正の問題が発生するが、それは檄文に言われているような立場からの改正ではなく、むしろそれとは逆方向の、現行憲法の理念のひとつである国際協調主義を発展させるための改正である。

自衛隊二分論は、国民に二種類の国家のどちらに忠誠を誓うかの決断を迫るものでもある。つまり、真にナショナルな自立の根拠となるべき祭祀的国家への忠誠か、それとも国際協調主義的な国家への忠誠か。三島が忠誠の対象としたいのはもちろん前者である。

このように、彼の防衛論においては、しばらくのあいだ、憲法改正が中心的なテーマとされることはなかった。

現行憲法に対する批判が現れるようになるのは、ようやく昭和四十五年に入ってからである。『『変革の思想』とは』では、「空文化されればされるほど政治的利用価値が生じてきた、といふところに、新憲法のふしぎな魔力があり、戦後の偽善はすべてここに発したといつても過言ではない。完全に遵奉《じゅんぼう》することの不可能な成文法の存在は、道義的頽廃《たいはい》を惹《ひ》き起す」と言っている。また、「武士道と軍国主義」では、「私は、終始一貫した憲法改正論者である」とさえ言っている。さらに、「正規軍と不正規軍」になると、「自衛隊を国軍にしなければならない」という、檄文と同じような表現も現れる。

以上見てきたように、昭和四十四年末までの主張は一貫している。それは、間接侵略に対処するための治安出動こそが、日本に可能な唯一の自主防衛の機会であるというものである。それは、現行憲法の存在を前提としている。またそれは、彼自身が現行憲法を支持するか否定するかという問題とは無関係である。憲法改正問題に踏み込もうという姿勢は見られない。しかし、昭和四十五年に入ってから、彼は現行憲法を否定する発言をするようになる。それは、それ以前の防衛論の文脈から外れた唐突な変化である。しかも、それまでの彼の一貫した防衛論と憲法改正問題がどう関係するのかについての説明はない。

そして、治安出動と憲法改正が初めて、意外なかたちで結びつけられたのが檄文である。つまり、「治安出動こそが、憲法改正の唯一の機会であった」と主張されるようになった。それは、以前の主張からすれば、まさに木に竹を接いだような奇妙な論理である。治安出動は、現行憲法下で唯一可能な自主防衛の機会であったからこそ、彼はそれに関心を寄せてきたはずである。それなのに、檄文では、治安出動は憲法改正の唯一の機会であったとされている。ここで、奇妙な論理の摺り替えが行われていると言わなければならない。さらに、憲法改正への関心が強まったのは事件の一年ほど前にすぎないのに、それを四年前にまで遡及させている。四年前から一貫していた治安出動への関心とそれを強引に結びつけたのである。

三島はなぜ、事件の一年ほど前になって急に、憲法改正を声高に主張するようになったのか。さらに、なぜ檄文で、それまでの防衛論とは明らかに矛盾する論理の摺り替えを行なったのか。その答えは、発表された三島の発言そのものからは窺うことができない。まさに、葦津が言うように、三島の思想の変化は、「マスコミの活字に現れた文字のみを見ても分からない」のである。

三島自身は語ってはいない。しかし、彼の思想の変化が何によってもたらされたかを推測することはできる。治安出動の可能性が消えたことこそが、彼に思想の変化を強いたのだろう。彼の防衛論は、治安出動という一点に収斂された特異な防衛論である。治安出動の可能性がなくなれば、その論理はすべてが無に帰する。そして現実に、昭和四十四年十月二十一日、治安出動の可能性は決定的に消えた。彼がそれまで築き上げてきた防衛論は、すべて無に帰したのである。

そう考えれば、昭和四十五年の初め頃から、従来の主張とは異質な要素が彼の防衛論の中に現れてくるのは理解できることである。異質な要素とは、もちろん憲法改正論である。

なぜ憲法改正というテーマでなければならなかったのか。それについては、のちほど考えたい。

しかしともかく、三島が熱心な憲法改正論者となったのは、昭和四十四年十月二十一日以後と、考えてよいのではなかろうか。

ここでひとつ補足しておきたい。それは、三島が憲法改正を強く訴え始めるのは事件の一年ほど前からであるが、それ以前の三島はまったく憲法改正論者でなかったわけではないということである。

昭和四十二年十月、つまり、自衛隊体験入隊から半年後、徳岡は三島と再会する。場所は、バンコクのホテルである。『暁の寺』の取材のために、インドの帰途タイを訪れていた三島と、たまたま仕事でタイに滞在中だった徳岡は再会した。そこで徳岡は、ホテルのプールサイドで、アメリカ人の観光客らしい男性を相手に、三島が憲法改正の必要を英語で熱心に説明している場面を目撃している。軍隊をもつ必要についても力説していたという（徳岡孝夫『五衰の人』）。英語が堪能な徳岡であるから、内容を聞き違えることはないだろう。

三島は、自衛隊体験入隊をしたころには、念願とする決起計画を胸中に抱いていたと思われる。しかし、そのころ、彼は憲法改正にそれほど熱心ではなかった。憲法が是か非かと問われれば、それを非とする立場を取っていたが、だからといって、それを自分が計画している決起と結びつけて考えてはいなかった、と見るべきであろう。どう見ても、憲法改正の機会を四年間待ち続けたという、檄文の言葉はフィクションとしか考えられないのである。

昭和四十四年十月二十一日に、治安出動の可能性が消えたことに三島が強く失望したことは、檄文からも明らかである。

しかるに昨昭和四十四年十月二十一日に何が起こつたか。総理訪米前の大詰ともいふべきこのデモは圧倒的な警察力の下に不発に終つた。その状況を新宿で見て、私は「これで憲法は変らない」と痛恨した。その日に何が起こつたか。政府は極左勢力の限界を見極め、戒厳令にも等しい警察の規制に対する一般民衆の反応を見極め、敢て「憲法改正」といふ火中の栗を拾はずとも、事態を収拾しうる自信を得たのである。治安出動は不要になつた。（略）

銘記せよ！　実はこの昭和四十五年（引用者注▼四十四年の間違いだと思われる）十月二十一日といふ日は、自衛隊にとつては悲劇の日だつた。創立以来二十年に亙つて、憲法改正を待ちこがれてきた自衛隊にとつて、決定的にその希望が裏切られ、憲法改正は政治的プログラムから除外され、相共に議会主義政党を主張する自民党と共産党が非議会主義的方法の可能性を晴れ晴れと払拭した日だつた。

この部分について、村松剛は次のように言っている。「十月二十一日に関する文章は、三島氏の感情の昂ぶりを示して、檄文のなかではこのあたりが少々オクターヴがちがうことが感じられる」（村松剛『三島由紀夫――その生と死』）。

治安出動の可能性がなくなったとき失われたのは、おそらく檄文に言われているような憲法改正の機会ではない。治安出動があったとき、三島は、楯の会を率いて、自衛隊の一部と連携して、何かの行動を起そうとしていたと思われる。それが憲法改正の実現でないとすれば、何だったのだろうか。三島のこの「オクターヴ」のちがう慨嘆の裏側には、もっと別のものの喪失に対する失望が隠されているのではなかろうか。

憲法改正というテーマが、当初の計画が変更を余儀なくされた結果選ばれたものであることを思えば、それを掲げて決起することは、三島にとって完全に満足すべきことではなかったはずである。むしろ不本意な決起だったというべきだろう。

三島の友人でもあった文芸評論家の奥野健男は、檄文における憲法改正の主張について次のように述べている。

> 自衛隊の存在を認めていない憲法を打破し、自ら国軍であることに目覚め、蹶起をうながした檄文は激烈な調子で書かれてはいるが、論理は明快であり、一応正論とも言える。正論ではあるが視野はいかにも狭い。文学の領域の広さにくらべ、自衛隊の問題などほんの一小部分に過ぎない。その自衛隊を名誉ある正当な国軍にするため、自ら範を示して切腹した。それだけの理由で自らの生命を断ったとすれば余りにも結果が唐突であり短絡的である。
>
> （奥野健男『三島由紀夫伝説』）

奥野は、その文学の世界の広大さにくらべればはるかに小さな憲法改正問題のために自らの生命を断ったのは、偉大な文学者三島にふさわしくないと慨嘆しているのである。

しかし、憲法改正が本来の三島の目標ではなく、むしろ本来の目標が瓦解した結果、急遽持ち出されてきたものであったとすれば、その死が三島にふさわしくないものになってしまったのは当然であろう。奥野の慨嘆は、ほかならぬ三島自身が抱いていた慨嘆だったのだろう。彼はもっとほかのことのために死にたかったのではないか。

檄文の論理はフィクションとしか考えられない、と私は判断した。それに対して、素朴な疑問が寄せられるかもしれない。ひとは、フィクションの論理を絶叫して、そのことのために切腹までするることができるだろうか。あるいは、フィクションとみなすことは、三島の死に対する冒瀆ではないか、と。

しかし、三島のような文学者にとって、フィクションは、普通人とはちがう性格をもっている。そのことについて少し付言しておきたい。

フィクションは、彼の文章にいわば骨がらみに深く染みついたものである。彼の小説『仮面の告白』は、彼自身の私生活の告白のような外観をもつ。しかし、どこまでが事実でどこからが虚構なのか、あるいは、事実と虚構がどう関わりあっているのかは、判然としない。

三島は、「『仮面の告白』ノート」のなかで、次のように言っている。

告白とはいひながら、この小説のなかで私は「嘘」を放し飼にした。好きなところで、そいつらに草を喰わせる。すると嘘たちは満腹し、「真実」の野菜畑を荒さないやうになる。

「嘘」は「真実」を顕在化させるために、むしろ必要なものだ、ということであろう。

「蘭陵王」という小説がある。この小説は、自衛隊での楯の会会員たちとの厳しい訓練を終えて宿舎に戻ってから、会員のひとりが美しい横笛を吹いて聞かせたというエピソードを紹介している。短いながら爽やかな余韻を漂わせる佳品である。それは一読すると、現実の経験がそのまま作品に記録されているような印象を与える。

しかし、元楯の会会員の井上豊夫は、それは違うと言う。

三島氏の小説のひとつに『蘭陵王《らんりょうおう》』があります。この作品に登場する京都の学生というのは私たち四期生の仲間の一人で同志社大学の学生でした。訓練のあと、その学生が笛を吹いてみせた場（小説のモデルとなったシーン）に居合わせたN君（私と同じ上智大学の学生）によると、小説で描かれているのとは相当に違う雰囲気だったようです。笛の技量もあまり高いとは言えず、かなり違和感があったと言っていました。

このことについて尋ねられた三島氏は、「小説なんてそんなものなんだよ」と笑って答えていました。「ルポルタージュ」ではなくて「小説」なので、作者によって都合《つごう》よく書き換《か》えられてもよかったのだと思っています。

（井上豊夫『果し得ていない約束』）

「蘭陵王」は、フィクションでありながら、事実そのもののように見せかけられた文学作品の例である。

しかし、文学作品の創作を離れても、彼は、現実のなかにフィクションを滑り込ませることが少なくなかった。その例をひとつだけあげておこう。

若い日の三島が、太宰治と彼を敬愛する若者たちが集まっている場に乗り込んで行って、太宰に面と向かって、「ぼくは、太宰さんの文学はきらひなんです」と言ったとされる有名なエピソードがある。

そのときの太宰の反応を、『私の遍歴時代』のなかで、三島は次のように描写している。

その瞬間、氏はふつと私の顔を見つめ、軽く身を引き、虚をつかれたやうな表情をした。しかしたちまち体を崩すと、（略）誰へ言ふともなく、

「そんなことを言つたつて、かうして来てるんだから、やつぱり好きなんだよな。なあ、やっぱり好きなんだ」

しかし、その場に居合わせた野原一夫の記憶によれば、太宰の反応は三島の言葉とはかなり違う。


「ぼくは、太宰さんの文学はきらいです。」

まっすぐ太宰さんの顔を見て、にこりともせずに言った。

一瞬、座が静かになった。

「きらいなら、来なけりゃいいじゃねえか。」

吐き捨てるように言って、太宰さんは顔をそむけた。

そのあとのことは記憶が薄れる。そうだよ、きらいなら来なけりゃいいんだ、英利君か高原君がどなったような気もするが、白々しい空気が流れたのはわずかの時間で、太宰さんは素早くほかの話題を提供し、みんなを笑わせ、座はまたもとのにぎやかさに戻ったように思う。


（野原一夫『回想　太宰治』）

太宰は、三島が描写するような、なよなよした卑屈な態度は取らなかったようである。むしろ毅然として、三島の言葉を一蹴した。おそらく三島は、事実をかなり自分勝手に脚色して、独特の太宰像を作り上げたのである。

しかし、その太宰にしても、その小説においては、事実そのものであるかのように見せかけているが、実はまったくのフィクションである例がよくある。枚挙にいとまがない。その点では、三島も太宰もよく似ている。

このように見てくれれば、檄文のなかにフィクションが含まれる可能性があることは、ある程度理解してもらえるのではなかろうか。

しかし、同じくフィクションといっても、『仮面の告白』と檄文の場合とでは、その性格がちがう。『仮面の告白』においては、フィクションは「真実」をあきらかにするために必要なものである。檄文では、「真実」を隠すためにフィクションが使われている。治安出動のときにやりたかったことは、実現できなかった以上は、どうしても公言できない性質のものだったのだろう。

第二章　文学作品創作と同じ方法論で行動計画は練りあげられた

おそらく三島は、ある独特の方法論にしたがって行動計画を立案した。しかし結局、当初の計画は瓦解した。その結果、成就されるべきだった結末とともに、その方法論も明らかにされないままに終った、と私は考えた。この章では、その方法論とはどんなものだったのかについて推理したい。三島が政治的行動の世界へ入り込んでいったきっかけとなったのが、「英霊の聲」という小説であると考えられる。

イギリス人ジャーナリスト、ヘンリー・スコット・ストークスは、三島から直接、「楯の会をつくろうと決心したのは『英霊の聲』を書いてからだった」という言葉を聞いている（ヘンリー・スコット・ストークス『三島由紀夫　生と死』）。

三島は、昭和四十四年四月に、前年に発表されていた「文化防衛論」に加えて、「反革命宣言」や「『道義的革命』の論理」などを含めて、一冊の『文化防衛論』として出版した。その「あとがき」に次のように書いている。

本書に収めたのは、昭和四十二年から四十四年にわたる私の政治論文、対談、ティーチ・インの速記などである。小説「英霊の聲」を書いたのちに、かうした種類の文章を書くことは私にとつて予定されてゐた。

もちろん、誰しもこのくらゐのことは言へるであらうし、人は同時にいくつもの政治的立場に立つことはできないから、一つの政治的立場から見たものの見方は、大体似たり寄つたりであらうし、これらに私の独創があると主張するつもりはない。しかしもし私の独自性があるとすれば、私はこれらの文章によつて行動の決意を固め、固めつつ書き、書くことによつていよいよ固め、行動の端緒に就いてから、その裏付として書いて行つたといふことである。従つてこれらの文章によつて私の行動と責任が規制されることも明らかであるが、私のこれらの文章が、行動と並行しつつ、行動の理論化として書かれたことも疑ひがない。

分かりにくい文章である。「『英霊の聲』を書いたのちに、かうした種類の文章を書くことは私にとつて予定されてゐた」と言うが、ここに収められている文章は、「英霊の聲」のテーマと直接関わっていない。「英霊の聲」という小説を、ただ単に、保守的・国粋的な内容の小説と理解するならば、上記の三島の言葉は、さほど疑問を抱かれずに読みすごされてしてしまうかもしれない。

しかし「英霊の聲」は、そのような生易しい小説ではない。この小説の主題は、戦後、いわゆる「人間宣言」をして、神であることを否定した昭和天皇に対する批判にある。作者は、昭和天皇に対して、「などてすめろぎは人間《ひと》となりたまいし」という激しい呪詛を浴びせた。そのような激しい天皇批判とこれらの文章がどう関係するのかについての説明はない。

さらに、これらの文章がなみなみならぬ決意をもって書かれたものであることは理解できるが、その内容に彼の独創はない、とも言っている。「大体似たり寄つたり」の独創性の無い思想に対して、どうして彼はただならぬ決意を抱くことができるのだろうか。いささか疑問を抱かせられる。

彼自身の説明によれば、彼の文章に独自性があるのは、それが行動と密接に関わるからである。「行動の理論化」として書いた、と彼は言っている。しかし行動の世界に、「英霊の聲」の痕跡をたどることは難しい。

「文化防衛論」を発表したあとで、三島は、自衛隊に体験入隊し、さらにその後、共産主義の間接侵略に対処するという目標のもとに、「祖国防衛隊」という全国的な民間防衛組織を作ろうとする。そして、その計画に中途で挫折し、その結果、中核となる組織だけが残り、それが後に「楯の会」と命名されるようになる。そのような経緯の中に、「英霊の聲」との関係は見えてこない。

さらに、最期の行動においても、「英霊の聲」の痕跡は窺えない。彼は、自衛隊員を前にした演説をしたあとで、「天皇陛下万歳」を叫んだ。そして、切腹の前に、益田総監に対し、「恨みはありません。自衛隊を天皇にお返しするためです」と言ったとされる。天皇に触れた言動はその二つだけである。それをもって、「英霊の聲」と関係していると見るのは無理であろう。

三島は、防衛論や楯の会が「英霊の聲」と関係していると言いながら、どのように関係するのかについて説明していない。そして、最期にいたるまで、「英霊の聲」との関係を明らかにしないままで終っているように見える。この「あとがき」には、なにか重大なことが隠されているという印象を受ける。

第一章で、私は次のように推理した。檄文によれば、昭和四十四年十月二十一日に治安出動の可能性が消え、それとともに憲法改正の機会も消えたとされているが、それはフィクションである。そのとき瓦解したのは、憲法改正の機会ではなく、彼が当初から思い描いていた、それとはまったく無関係の計画だった。

その瓦解した計画こそ、「英霊の聲」と関係していたのではないだろうか。それが実現されずに終ったために、「英霊の聲」と彼の政治的行動の世界との関係は、断ち切られたまま放置されたのではなかろうか。だとすれば、その幻に終った計画が明らかにされるとき、はじめてその関係は明らかにされるだろう。

もしそうだとすれば、三島は、複雑な方法を取っているといわなければならない。「英霊の聲」のテーマが、ストレートに防衛論に反映されているわけではない。さまざまな迂遠なルートをたどって、ようやく最後に、そのテーマと関係した政治的行動が実行されることを三島は計画していた。そこには、独特の意図的で緻密な方法論があったと想像される。

その方法論とはどのようなものだろうか。それは、彼がもっとも慣れ親しんでおり得意としていた方法、つまり文学作品とりわけドラマを創作する方法だったと、私は推測する。三島の作品の構想のしかたには、ひとつの特徴がある。それについて、彼自身が次のように述べている。

大体私の長編小説が演劇的欠陥を持つてゐる、とはよく言はれることで、計画どほりに進まないと気持がわるいから、終結部を脳裡に描きながら、現実的諸条件をいはば凍結しておいて、書き進めることが多かつた……。

（「小説とは何か」）

作品の結末部分をあらかじめ想定したうえで執筆にとりかかるというのである。結末部分を「脳裡に描きながら」どころか、結末を最初に書いてから執筆にとりかかることも多かったようである。三島と親しかった演出家の堂本正樹は、次のように言っている。

三島由紀夫は戯曲を書く時、つねに幕切れから筆を起した。最後の一行のセリフ、煮つまった対立の要約、文字通り「切り」に追いつめられた生命が、その全存在を賭けて吐露する思想。そこから劇は逆に立ち上る。

（堂本正樹『三島由紀夫の演劇』）

彼の次の言葉も、彼の創作方法をうかがわせるものである。彼は、自衛隊体験入隊中に戦術の講義を受けた際に次のように述べている。

私が今まで興味を感じた学問は、刑事訴訟法とこの戦術だけで、いづれも方法論とプロセスの学問であり、結論乃至「決心」にいたる、論理的な思考過程をはじめから規定してしまふといふ特色を持つている。

（「自衛隊を体験する」）

彼が文学創作との関わりにおいて、なぜ刑事訴訟法に興味を感じたのかを、彼はあるところで少し詳しく説明している。それは東大法学部同窓会「緑会」の大会プログラムにおいてである。創作の秘密をこれほどはっきり述べている文章はほかにないと思われる。刑事訴訟法を「方法論とプロセスの学問」として認識し、それが彼の創作にとっていかに重要な意味をもっていたかを説明している。きっかけは、彼が東京大学法学部在学中に受講した団藤重光の刑事訴訟法の講義である。

本学の法科学生であつたころ、私が殊に興味を持つたのは刑事訴訟法であつた。団藤重光教授が若手のチャキチャキであつた当時のこととて、講義そのものも生気溌溂《はつらつ》としてゐたが、「証拠追求の手続」の汽車が目的地へ向かつて重厚に一路邁進《まいしん》するやうな、その徹底した論理の進行が、特に私を魅惑した。（略）

それが民事訴訟法などとはちがつて、人間性の「悪」に直接つながる学問であることも魅力の一つであつたらう。しかも、その悪は、決してなまなましい具体性を以て表てにあらはれることがなく、一般化、抽象化の過程を必ずとほつて、呈示されてゐるのみならず、刑事訴訟法はさらにその追求の手続法なのであるから、現実の悪とは、二重に隔てられてゐるわけである。しかし、刑務所の鉄格子がわれわれの脳裡で、罪と罰の観念を却《かへ》つてなまなましく代表してゐるやうに、この無味乾燥な手続の進行が、却つて、人間性の本源的な「悪」の匂ひを、とりすました辞句の裏から、強烈に放つてゐるやうに思はれた。これも刑訴の魅力の一つであつて、「悪」といふやうなドロドロした、原始的な不定形な不気味なものと、訴訟法の整然たる冷たい論理構成との、あまりに際立つたコントラストが、私を魅してやまなかつた。

また一面、文学、殊に私の携はる小説や戯曲の制作上、その技術的な側面で、刑事訴訟法は好個のお手本であるやうに思はれた。何故なら、刑訴における「証拠」を、小説や戯曲における「主題」と置きかへさへすれば、極言すれば、あとは技術的に全く同一であるべきだと思はれた。

（「法律と文学」）

刑事訴訟法における「証拠追求の手続き」の「徹底した論理の進行」は、小説や戯曲において、「主題」を追求する際に行なわれる緻密な論理の構成と、「技術的に全く同一」だというのである。「主題」は始めに規定されている。そしてそのあとで、その「主題」を堅固なものとするために、その「主題」に至るプロセスを徹底した論理で構築する。これが、三島の創作の基本的な方法であった。

刑事訴訟法にヒントをえた創作方法を最初に実践したのが、『盗賊』という小説である。

初の長編小説である。東大在学中の昭和二十一年一月に書き始めてから、何度も書き直しを重ねて、大学卒業から二年近く経た二十三年十二月にようやく出版された。難産のあげくの完成であったが、内容は多くの不自然さを露呈しており、けっして成功作とはいえない。

主人公は、子爵家の息子藤村明秀である。美貌の美子という女性に恋をするが、失恋し、唐突にも自殺を決意する。その後たまたま、自分と同じような境遇の山内清子という女性と知り合いになる。彼女も佐伯という男性に失恋して死を決意していた。明秀と清子は、結婚し、結婚式の当夜、心中する。結末は、二人を捨てた美子と佐伯が、クリスマスのパーティーで出会う場面である。二人は、お互いの顔に「人には知られない怖ろしい荒廃」を見い出す。そして次のような言葉でこの小説は閉じられる。

　今こそ二人は、真に美なるもの、永遠に若きものが、二人の中から誰か巧みな盗賊によつて根こそぎ盗み去られてゐるのを知つた。

「『盗賊』はしがき」という生前は未発表であった文章が、『決定版三島由紀夫全集』に収められている。三島はそのなかで、次のように言っている。

「盗賊」といふ題名の意味は大団円の最後の一行に来なくてはわからない。その最後の数行は作者のノオトに秘かに書き込まれてゐる。作者も亦、明秀と共に、秘密主義を信奉してゐるらしいから。

結末をあらかじめ決めておいて、三年にもわたって試行錯誤しながら、その結末に向って彼は書き続けたのである。そして最後まで作者はその結末を秘密にし続けた。

これ以後の作品の創作においても、三島は『盗賊』の場合と基本的には同様の方法を採用し続けたと思われる。

このような創作方法は、澁澤龍彦が「原因と結果の倒錯」と言っているものに相当すると見てよいだろう。

注目すべきは、三島氏が、死の一週間前の古林尚氏との対談（『図書新聞』）で、聞き手の古林氏に食いさがられて、もう一歩で、能動的ニヒリストとしての本心をみずから暴露しそうになっているということだ。いや、ほとんど暴露してしまっているといってもよいほどだ。自分には絶対者が必要だったのだ、と彼ははっきりいっている。また東大全共闘との討論では、自分には敵が必要だったから、共産党を敵とすることにきめたのだ、とも断言している。こういう倒錯の論理、原因と結果との故意の混同こそ、ニヒリストが行動を起す場合に特有の自己弁明であろう。

（澁澤龍彦「絶対を垣間見んとして……」『三島由紀夫おぼえがき』）

つまり、三島においては、「結果」がまず先にあって「原因」は後から付け加えられる。だとすれば、「結果」と見えるものが実は「原因」であり、「原因」と見えるものが「結果」だと言ってもよいだろう。

自衛隊体験入隊以後の行動の世界における計画も、同様の方法で構想されたのではなかろうか。つまり、行動の世界で彼がぜひともなし遂げたかった「主題」あるいは「結末」が最初に彼の念頭にあり、そのあとで、必然の流れがその「結末」に流れ込むように見せかけるプロセスが入念に組み立てられたのではなかろうか。

治安出動に関連した防衛論、自衛隊体験入隊、そして楯の会結成。それらは、ドラマの「結末」を準備するためのプロセスの一環と見るべきではなかろうか。

三島については、その「演技」がよく話題にされる。その場合、ひとコマひとコマの行動を指して「演技」といわれることが多い。しかし、彼の決起計画は、防衛論も政治的行動もすべてを含めたひとつのドラマとみなすべきであろう。壮大な自己劇化のドラマである。

防衛論が、「結末」を準備するためのプロセスだとするならば、その防衛論が「独創」性を持つ必要がないのは当然である。防衛論に求められるのは、「結末」を必然であるかのように見せかけるプロセスを作ることである。それは、刑事訴訟法におけるように、「一般化、抽象化の過程」を伴った「整然たる冷たい論理構成」を取らなければならない。彼が、『文化防衛論』に収められた文章は「政治的言語で書かれている」と言っているのは、そのことと関係するだろう。「政治的言語」とは、文学的主題を準備するプロセスを構成するための言語と解釈できる。だとすれば、その「政治的言語」に、彼の思想が含まれているわけではない。彼の思想、あるいは本心は、そのプロセスが完了したときに現れる文学的主題にしか存在しない。

「文化防衛論」をめぐって、三島と橋川文三とのあいだで論争が展開されたことがあった。橋川の「文化防衛論」批判に対して、三島は、「橋川文三氏への公開状」を発表した。その「公開状」も、『文化防衛論』のなかに収められている。

しかし、その「公開状」は、奇妙な内容のものであった。

橋川は、ふたつの論理的欠陥を衝いた。ひとつは、文化概念としての天皇の保持する「文化の全体性」を防衛すると三島は言うが、そのような「文化の全体性」はすでに明治憲法体制の下で侵されていた、という点である。「およそ近代国家の論理と、美の総攬者としての天皇は、根本的に相容れないものを含んでいる」からである。もうひとつは、三島は、天皇と軍隊の直結を求めているが、直結の瞬間に、文化概念としての天皇は、政治的概念としての天皇にすりかわり、それがすなわち文化の全体性の反措定になる、という点である。

それに対して三島は、「こういう論法の前には、私の弱点は明らかであります」と、あっさりと論理的欠陥を衝かれたことを認めている。しかし、そのことに対して少しも痛痒を感じていないように見える。彼は言う。「貴兄のこの二点の設問に、私はたしかにギャフンと参つたけれども、私自身が参つたという「責任」を感じなかつたことも事実なのです」。それは、天皇自身が、「不断に問はれてきた論理的矛盾ではなかつたでせうか」と彼は言う。天皇に責任を転嫁したような言い方である。

橋本の指摘が的確であることを認めたあと、それに続けて三島は次のように言っている。

しかし刑事は、犯人がごまかしを言つたり、論理の撞着を犯したりするとき、正にそのとき、犯人が本音を吐いてゐることを、職業的によく知つてゐます。同時に又、その瞬間に、訊問者も亦《また》、何ほどかの本音を供与せねばならぬことも。

論理の破綻とみえるものにこそ犯人の本音が隠されている、と言うのである。

この言葉は、「法律と文学」における比喩とよく似ている。そこで彼は、刑事訴訟法の「一般化、抽象化」された「とりすました辞句」は、その裏側に、「ドロドロとした」「不気味な」「悪」を隠している、と言っていた。彼が、刑事訴訟法のような「整然たる論理構成」を文学に採用するのは、その背後に隠された「ドロドロとした」文学的主題を導き出すためのプロセスとして利用するためだった。文学の主題を、彼は犯罪にたとえている。というよりも、彼の場合は、社会的には犯罪とされるものが作品の主題とされることが多い。

三島が、橋川の批判に少しも痛痒を感じていないのは、おそらく、「文化防衛論」の論理が、文学創作における「刑事訴訟法」的な方法に相当するからであろう。その論理は、彼の「本音」を表現したものではない。むしろそれを必然とみせかけるためのプロセスでしかない。したがって、そのプロセスに破綻が見えたとき、かえって、その裂け目から、「本音」がかすかに見えてくる。

三島は、その論理の裂け目を指摘されたとき、そこでむしろ、自分の犯罪的な文学的主題を、チラリと覗き見させたかったのではないか。その意味で、橋川の批判はむしろ好都合なものだった、といえるだろう。『文化防衛論』の「あとがき」において、「私の真意は、むしろ、『橋川文三氏への公開状』のはうによく現はれてゐると思はれる」と言っているのは、おそらく、そのためであろう。

その犯罪的主題が何であるかは、橋川との論争では明らかにされていない。ただ、表面的な論理展開とはちがうところにそれはあることが、ほのめかされている。それが明らかにされるのは、おそらく彼の計画した決起が実行されたときだったのだろう。

小説や戯曲であれば、作者が最初に想定していた「結末」は最後にかならず姿を現わす。しかし、三島が政治的行動の世界を舞台として書こうとした戯曲においては、最初に決められていた「結末」は、ついに姿を現わすことはなかった。現実世界の予想外の要因が、それを阻害したからである。そこで、急遽それとは異なる「結末」が用意され、あたかも後に挿入された「結末」が最初からの計画であったかのように見せかけられて、幕が閉じられた。それが、三島事件の実際だったのではなかろうか。

三島事件は中途で結末が書き換えられたドラマだ、と私は考える。中途で結末が書き換えられたなら、ドラマはどうなるか。

そのことをギリシャ悲劇の代表傑作『オイディプス王』について考えてみたい。作者ソポクレスも、三島と同様に、結末をあらかじめ確定して、その結末にすべてが流れ込むようにプロットを練り上げたと思われる。

テバイの王オイディプスは、突如テバイに降りかかった疫病の原因を探ろうする。そして神託を伺わせるために、アポロの神殿デルポイへ使者を派遣する。その神託は、「テバイの災厄は、先の王ライオスを殺害した下手人が罰せられていないことにある」と告げる。オイディプスは、あらゆる手段を尽くして、その下手人を探し出そうとする。オイディプスは流浪の旅人であったが、先王ライオス亡きあとテバイの民を悩ませていたスフィンクスの謎を解いたことによって、新しい王に迎えられ、先王の妻イオカステと結婚していた。

その探索の結果は、意外なものだった。下手人はオイディプス自身だった。テバイに来る旅の途中で、不可抗力に近いかたちで殺害してしまった人物こそ自分の父であり、妻は自分の母であることが明らかにされる。そして、オイディプスは、自ら目を潰して流浪の旅に出る。
『オイディプス王』という戯曲が優れているひとつの理由は、下手人がオイディプス自身であることが明らかにされてゆく謎解明のプロセスが緻密でスリリングに積み重ねられていく点にある。しかし、この劇の悲劇としての最高の長所は、最後に明らかにされるカタストロフィの衝撃性にある。
『オイディプス王』は、コロス(合唱隊)の次のような歌で締めくくられる。

おお、祖国テバイに住む人びとよ、心して見よ、これぞオイディプス、
かつては名だかき謎の解き手、権勢ならぶ者もなく、
町びとこぞりてその幸運を、羨み仰ぎて見しものを、
ああ　何たる悲運の荒浪に　呑まれてほろびたまいしぞ。
されば死すべき人の身は　はるかにかの最期の日の見きわめを待て。
何らの苦しみにもあわずして、この世のきわに至るまでは、
何びとをも幸福とは呼ぶなかれ。
(藤沢令夫訳)

コロスは、人間の運命は最期まで分からぬものだ、という。しかし、その結末は、作者がこの劇の執筆に先立って胸中に秘めていたはずである。あらかじめ決められていた結末が、緻密に積み重

ねられたプロセスによって、必然の流れの結果だと観客に受け取られるとき、「悲劇」は完成する。もし『オイディプス王』という戯曲が、結末に至ることなく未完で終わっていたならどうなっていただろうか。答えは言うまでもない。それは悲劇ではない。惨憺たる失敗作である。プロセスの描写がいかにすぐれていようとも、それはドラマとしてほとんど意味をもたない。結末と結びつけられてこそ意味をもつ。作品に込められた作者の意図は、永久に闇のなかに留め置かれてしまう。

三島が、行動の世界で演じようとした自己劇化は、クライマックスを欠いた『オイディプス王』のようなものだった。それは、もはやドラマではない。

第三章　楯の会を作るために、祖国防衛隊を構想してそれを壊した

三島は「楯の会をつくろうと決心したのは『英霊の聲』を書いてからだった」と言っていた。しかし彼は、「英霊の聲」を書いてから、ただちに楯の会を作ったわけではなかった。楯の会を作る前に、祖国防衛隊という遠大な構想を計画した。楯の会はそもそも、その構想が中途で崩壊したあとに残された組織を母体として生まれたものにすぎなかったのである。祖国防衛隊構想についての検討を抜きにして、楯の会の性格を論ずることはできない。

三島がもくろんでいた治安出動の際の決起計画は、昭和四十四年十月二十一日、瓦解した。そして、いわゆる三島事件は、その挫折後の方向転換の結果引き起こされたものだった、と私は考えた。しかし、挫折による方向転換は、そのときが初めてではなかったのである。そのかなり以前に、祖国防衛隊構想において三島の計画は早々に挫折しており、楯の会は、その挫折の結果、いわば偶然に誕生したように見えるのである。しかし、楯の会が偶然生れた組織だとするならば、彼の前述の

言葉は不可解である。彼は、楯の会をつくった動機は、「英霊の聲」という小説にあると言っていた。その言葉には、祖国防衛隊構想への関心は欠落している。

祖国防衛隊構想とは何だったのか。この問題は、楯の会誕生の経緯を明らかにするうえで、避けて通ることのできない問題である。

ここで迂遠なようだが、自衛隊体験入隊から楯の会誕生までの経緯を簡単に辿っておきたい。三島は、昭和四十二(一九六七)年四月、自衛隊に体験入隊するが、その半年ほど前、つまり四十一年十月頃から、体験入隊を認めてもらうための準備を始めていた。「英霊の聲」を『文芸』に発表したのが四十一年六月であるから、それから数カ月後のことである。彼は、さまざまな人脈を駆使して、体験入隊への仲介を求めたようである。毎日新聞常務の狩野近雄や、元陸上自衛隊第一師団長の藤原岩市、防衛庁事務次官の三輪良雄などに接触したといわれている。

このうち藤原岩市については、藤原の娘婿である冨澤暉《ひかる》によれば、おそらく右翼の田中清玄が、「自衛隊のことなら、藤原のところへ行け」と、彼と親しかった藤原を三島に紹介したのだろうという。そして藤原は三島と会って「ひじょうに意気投合した」という（杉山隆男『「兵士」になれなかった三島由紀夫』）。

のちに三島が親しく行動をともにすることになる山本舜勝との関係も、藤原との接触の延長線上に生まれたものだった。藤原は、太平洋戦争中、インドにおいて、民衆の一部を日本軍と協力させるための組織である「F機関」を創設した人物である。自衛隊において、山本は藤原の部下だった。

藤原も山本も、戦前のいわゆるスパイ養成校として有名な、旧陸軍中野学校の出身者である。

体験入隊の希望はようやく翌年三月になって承認されたが、三島は半年間の入隊を希望していたが、結局、途中の一時帰宅をはさんで四十五日間に短縮されて入隊が認められた。そしていよいよ昭和四十二年四月十二日、久留米の陸上自衛隊幹部候補生学校隊付として体験入隊を果す。檄文で「四年前、私はひとり志を抱いて自衛隊に入り……」と言われているその時である。

体験入隊したときの「志」とは何だったのだろうか。檄文にしたがえば、それは自衛隊を「名誉ある国軍」とするために憲法改正を目指すため、ということになる。しかし、第一章で述べたように、三島は昭和四十二年四月の時点では、憲法改正を実現させたいという強い意志は持っていなかったはずである。そのときの本当の「志」は、憲法改正とは無関係な何かであろう。

徳岡孝夫によるインタビューでは、「体験入隊の動機は?」という質問に対して、三島は「これは、まったくご推察にまかせます。どうとられようとかまいません」と答えをはぐらかしている。徳岡もそれ以上追及していない。

三島が体験入隊中に、入隊の動機あるいは目的と関わる部分について、隊員たちとどのような接触を持ったのかについては、長い間明らかにされてこなかった。しかし、平成十九(二〇〇七)年に刊行された杉山隆男『「兵士」になれなかった三島由紀夫』は、その一端を明らかにしている。

驚くべきことに、彼はこの体験入隊中に、彼の指導に携わった自衛官たちに対して、治安出動の際に立ち上がるように扇動していたのである。

冨澤暉は、御殿場の陸上自衛隊富士学校での訓練期間中のあるとき、三島から「あなたの同期生と食事でもしながら話をしたいので集めてもらえないか」と頼まれたという。そこで、同期の将官六、七人をある割烹に呼び集めた。三島はその席で、「熱っぽく弁舌をふるった」という。その場の様子を、冨澤は次のように語っている。

過激派学生の行動がこの調子で先鋭化してゆけば、早晩、警察力では太刀打ちできなくなる。そのときこそ自衛隊の出番なのではないか。そして三島は、自衛隊が暴れる学生を粉砕するときには、「私も一緒になってやるから」とか、「先に立つ」とも言いはじめた。

だが、三島の口をついて出る話は、「単に過激派学生をやっつける」ということではすまなくなっていった。

「やっぱりある種のクーデター的なことを言うわけですよ。一緒にやりたい。起《た》ち上がりませんか、と、こういうことなんですよね」

三島の体験入隊中の世話役に任じられ、その後、彼と長く親交を結ぶことになる菊地勝夫も、三島から同様のクーデターまがいの議論を挑まれていたことが同書で紹介されている。ちなみに、冨澤も菊地もこの誘いをはっきり断ったと言っている。

自衛隊の治安出動が三島の防衛論の中心テーマであったことはすでに見てきたとおりである。体験入隊の目的は、治安出動の際に、自衛隊の一部とともに、クーデターまがいの行動を起そうと画策することだったと想像される。その行動は、檄文にあるような憲法改正に関わるものではなかったようである。冨澤や菊地に対する誘いの言葉のなかに、憲法改正問題に対する関心は窺えない。

少し、時間を前に戻すことにする。

体験入隊の希望が受け入れられるのを待っている間に、三島はある運命的な出会いを体験する。昭和四十一年十二月、万代潔という青年の訪問を受けた。彼は、『論争ジャーナル』という民族派の雑誌の編集者だった。彼らは、自分たちの運動を広げるための人脈と資金援助を必要としていた。そのときのことを三島は、「青年について」という文章で次のように書いている。この文章自体が翌年の『論争ジャーナル』一月号に掲載されたものである。「私は本質的に青年ぎらひだつた」と述べたあと、次のように続けている。

ところが、一年足らず前、私に革命的な変化を起させる事件があつた。忘れもしない、それは昭和四十一年十二月十九日の、冬の雨の暗い午後のことである。林房雄氏の紹介で、「論争ジャーナル」編集部の万代氏が訪ねて来た。私はこの初対面の青年が訥々《とつとつ》と語る言葉をきいた。一群の青年たちが、いかなる党派にも属さず、純粋な意気で、日本の歪《ゆが》みを正さうと思い立つて、固く団結を誓ひ、苦労を重ねて来た物語をきくうちに、私の中に、はじめて妙な虫が動いてきた。青年の内面に感動することなどありえようのない私が、いつのまにか感動してゐたのである。私は万代氏の話におどろく以上に、そんな自分におどろいた。

これからほどなく三島は、やはり『論争ジャーナル』の中辻和彦や持丸博と親しくなり、頻繁に会合を重ねることになる。持丸はのちに、楯の会の初代学生長になる。『豊饒の海』執筆当時の編集者だった小島千加子に、三島が興奮して次のように語ったのは、おそらくこのころだと思われる。「怖いみたいだよ。小説に書いたことが事実になつて現れる。さうかと思ふと事実の方が小説に先行することもある」（小島千加子『三島由紀夫と壇一雄』）。

三島は、「英霊の聲」を発表後、万代が訪問する一カ月前の昭和四十一年十一月には、『豊饒の海』の第一部『春の雪』を脱稿していた。さらにそれに先立って八月には第二部『奔馬』の取材のために、奈良の大神《おおみわ》神社を訪ねたり、熊本へ行って神風連について取材したりしている。「事実の方が小説に先行する」というのは、当時準備中だった『奔馬』の世界と、万代たちとの相似を思ったからだろう。

この出会いからまもなく書かれた「年頭の迷ひ」（『読売新聞』昭和四十二年一月一日）という文章には、この若者たちとの出会いが彼にどんな影響を与えたかが示されている。

彼は、『豊饒の海』というライフ・ワークを無事完成させたいと思いながら、英雄的な死へのあこがれを抑えることができなくなった、と次のように言う。

年のはじめごとに、私をふしぎな哀切な迷ひが襲ふ。迷ひといふべきか、未練といふべきか。といふのは、この大長編の完成は早くとも五年後のはずであるが、そのときは私も四十七歳になつてをり、これを完成したあとでは、もはや花々しい英雄的末路は永久に断念しなければならぬといふことだ。英雄たることをあきらめるか、それともライフ・ワークの完成をあきらめるか、その非常にむづかしい決断が、今年こそは来るのではないかといふ不安な予感である。

（略）

四十二歳といふ年齢は、英雄たるにはまだ辛うじて間に合ふ年齢線だと考へてゐる。西郷隆盛は五十歳で英雄として死んだし、この間熊本へ行つて神風連《しんぷうれん》を調べて感動したことは、一見青年の暴挙と見られがちなあの乱の指導者の一人で、壮烈な最期を遂げた加屋霽堅《かやはるかた》が、私と同年で死んだといふ発見であつた。私も今なら、英雄たる最終年齢に間に合ふのだ。

私のことを、未練だ未練だと言ふけれど、それならヘミングウェイはどうだ。彼は老齢に達してても冒険的英雄的な死にあこがれ、これがみんな向うから死に逃げられ、おしまひに不本意きはまる自殺を遂げた。私はあんな風にはなりたくないものだと思ふが、あの気持はよくわかる気がする。（略）

「今ならまだ間に合う。……しかし一方には大事な仕事が……」

前述のように、彼は体験入隊中に、隊員に対して、治安出動のときに共に立ち上がろうと扇動していた。ということは、彼が体験入隊を希望した時点で、つまり、『英霊の聲』を書き上げてから間もない時点で、すでに、自衛隊とともにクーデターまがいの行動を起こそうと計画していたと考えられる。そしてその体験入隊が許可されるのを待っているあいだに、彼は万代と出会い、「妙な虫が動いた」。それは、そのとき彼がすでに抱いていた行動計画のなかにこの若者たちを巻き込んで、彼らになにか特別の役割を果たさせることができると考えた、ということであろう。単に、純粋な若者たちの姿に感動した、ということだけではないと思われる。

しかしそれにしても、万代らとの出会いから、三島が一足飛びに英雄的死を連想しているのは唐突である。彼ら民族派青年にとって、彼らの運動は、着実に自分たちの思想を一般人の間に普及させて、左翼勢力に対抗することであっただろう。それは一種の思想運動ないしは社会運動である。そのために著名な三島の支援が得られれば好都合だっただろう。しかし三島は、おそらく万代らが考えてもいなかった、英雄的死の可能性を夢見ていた。両者のこの思惑のズレは、いずれ清算されなければならない性格を孕んだものだったと言えよう。

三島が祖国防衛隊構想を作成したのは、昭和四十二年の暮れ近くである。自衛隊体験入隊を希望してから一年数カ月後のことであり、実際にその体験入隊を終えてから七カ月後のことである。その間に、万代たち民族派の若者との接触もあった。おそらくその構想には、自衛隊体験入隊と万代らとの接触が関係していると思われる。つまり、自衛隊員に対して、治安出動のときに立ち上がれと扇動していたことと、のちに楯の会と命名されることになる組織を作ろうとしていたこと、このふたつのことを念頭において、われわれはこの祖国防衛隊構想の性格を考えるべきだろう。

祖国防衛隊とは、全国的な規模をもつ民兵組織である。ただし「民兵といふ言葉はみすぼらしく、魅力的でないので」「祖国防衛隊」という言葉を使う、と彼は言っている。構想の内容は、「祖国防衛隊はなぜ必要か？」という文書で明らかにされている。それは無署名のタイプ印刷の小冊子であり、一部の自衛隊隊員やその他の関係者に配布されたようである。三島の生前には公表されなかった。その構想の骨子は、「『祖国防衛隊』草案」に次のように述べられている。

一、祖国防衛隊は民兵を以て組織し、有事の際の動員に備へ、年一回以上の訓練教育を受ける義務を負ふ。
一、民兵は志願制とし、成年以上の男子にして年齢を問はず、体格検査、体力検定に合格したる者にして、前科なき者を採用する。
一、隊員の雇傭主は、隊員訓練期間の有給休暇を与へる義務を負ふ。隊員には原則として俸給を支給せず。
一、隊員はこれを幹部と兵とに分け、幹部教育には、年一ヶ月、兵には年一週間の特殊短期訓練を施す。

一、隊員には制服を支給する。
概ね、右のとほりでありますが、無給である以上、隊員には強い国防意識と栄誉と自恃の念の養成が必要とされます。又、まだ法制化を急ぐ段階ではありませんから、純然たる民間団体として民族資本の協力に仰ぐの他はなく、一方、一般公募にいたる準備段階に数年をかけ、少なくとも百人の中核体を一種の民間将校団として暗々裡に養成することが先決問題と考へられたのであります。（略）
さらに計画の実現に当つて、もつとも重要不可欠なのは、自衛隊の協力であり、殊に国土防衛、間接侵略の対処を任務とする以上、陸上自衛隊の協力がなければ、計画を一歩も前進させることはできません。

このパンフレットはそれから間もなく、当時自衛隊調査学校情報教育課長だった山本舜勝の目にも触れることになる。やはり自衛隊で情報勤務の同僚であった人物から手渡され、その同僚から、「そのうち三島さんに、一度会ってみませんか」と誘われる。そのパンフレットはその同僚自身が藤原岩市から手渡されていたものだった。それに興味をもった山本が三島に会って、彼と行動を共にする決意をするようになったのは、前述のとおりである。
山本が三島と行動を共にしようと決意した決定的な理由は、三島が山本に対して披瀝した熱意だった。ノーベル賞候補として騒がれていた文学者が民間防衛問題にどこまで本気で関心をもっているのかについて疑問を否めなかった山本は、三島に尋ねる。「書くことと行動することとは大変な違いだと思いますが、文士でいらっしゃるあなたは、やはり書くことに専念すべきであり、書くことを通してでも、あなたの目的は達せられるのではありませんか?!」

それに対して三島の答えは次のとおりだった。

三島氏は、じっと私の目を見据え、それから、今となっては懐かしい、あの例の大きな声で、きっぱりと言ったのだ。

「もう書くことは捨てました。ノーベル賞なんかには、これっぱかりの興味もありませんよ」

この一言を聞いた瞬間、私の背筋にビリリと火花が走った。これは本気なのだ、それにしても大変な人物に出会ってしまった。文学者として世界最高の栄誉ともいえるノーベル賞を、ことももなげに捨て去れる人物、その人が私の目の前にいる。そして、私と同じ道へ踏み込もうとしている……。

（山本舜勝『三島由紀夫　憂悶の祖国防衛賦』）

祖国防衛隊という組織の必要性について、三島は、「祖国防衛隊はなぜ必要か?」において次のように説明している。祖国防衛隊が必要とされる前提となる現状分析は、基本的には、すでに第一章で触れた彼の防衛論と同一である。

彼は、現行の憲法と日米安全保障条約のものでは、自衛隊による純粋な自主防衛はどのよう場合に可能かを問題にする。可能性はふたつある。ひとつは、「間接侵略に対する治安出動」であり、もうひとつは、「非核兵器による局地的直接侵略に対する防衛」である。しかし、後者は、「全面戦争に移行して集団安全保障下に入らんとする時期的境界があいまい」であるから、完全な意味での自主防衛とは言えない。したがって、完全な意味での自主防衛は前者のみである。

それでは、間接侵略とは何か？　それは、「共産主義勢力の自由諸国に対する思想戦、宣伝戦」が、「言論活動からデモンストレーション、経済的ストライキから政治的ストライキさらに蜂起への転化」へと展開して、「内戦段階」へと移行した状態のことである。

このような状況に至った場合、次のような対応が必要だ、と三島は言う。

これに応戦する立場も、単に自衛隊の武力ばかりでなく、千変万化の共産戦術に応じて、あるひは言論、あるひは行動により、千変万化の対応の仕方を準備するのが賢明であります。そのための最後の拠り処は、外敵の思想的侵略を受け容れぬ鞏固な国民精神であると共に、民族主義の仮面を巧妙にかぶったインターナショナリズムにだまされない知的見識であり、又、有事即応の不退転の決意でなければなりません。

（『祖国防衛隊はなぜ必要か？』）

祖国防衛隊構想にはいくつかの不可解な点がある。まずその第一は、その計画の雲をつかむような遠大さである。自衛隊の協力を仰ぎ、財界からの資金援助も得て、一般から隊員を公募し、全国的な民兵組織を作る。しかも将来法制化されることを目指している。

友人の村松剛は、この構想についてある程度三島から話を聞いていた。構想は、イギリス、スウェーデン、ノルウェーなどの民兵組織やフランス国防省の民兵構想を参考にしており、フランスの例については、村松自身もその資料を提供したという。村松に対する三島の説明によれば、一期の訓練で百人の幹部を養成し、ひとりの幹部が二十人程度の部隊を指揮できるようにするものであり、五年で五百人の幹部をつくり、一万人を指揮することができるようになる、と語っていたという。それを聞いて村松は、「一介の文士にそんなことができるものだろうかと、ぼくは気のとおくなるような思いできいていた」と言う（村松剛『三島由紀夫の世界』）。

自衛隊の協力、財界の支援、法制化を目指すにあたっての一般国民の世論喚起、国会の論議など、どれひとつをとっても障害は大きく、とても簡単に実現できるような計画ではない。

もうひとつ不可解なのは、その思想内容である。保阪正康は、このような三島の主張について、「戦後冷戦構造下の反共主義者のもっとも安易な論理を継承しているようにみえる」と述べている（保阪正康『三島由紀夫と楯の会事件』）。先に引用した、間接侵略への対応の理論など、たしかにそう言われてもしかたのない論理である。三島は、ガチガチの反共主義者として、「間接侵略」を心底から恐怖し、祖国防衛隊を作らなければならないと考えたのだろうか。

しかし三島は、政治的行動者である前に文学者である。彼の文学と、このような政治的発言はどう関係するだろうか。結びつく要素はなにもないように思われる。彼の文学の奥深さを考えれば、彼がこのような固定的な政治思想に容易にコミットしたとは考えにくい。「どこかおかしい」という疑問をぬぐい切れないのである。

私は、このふたつの疑問について、第二章で述べたような立場から解釈したい。私はそこで、彼の政治的行動計画は、彼の文学作品創作と同じ方法論にしたがって構想されたのだろう、と推理した。つまり、「刑事訴訟法」的な方法論を援用して、まず「結末」をはっきり固定し、そのあとで、その「結末」が必然的帰結であるようにみせかけるために入念に論理を組み立てたのだろう、と推理した。

祖国防衛隊構想も、そのようなプロセスの一環と私は考える。その構想は、基本的には、第一章で見た防衛論の延長線上にあるが、特に、保阪が指摘するような反共産主義的な傾向が強い。なぜか。

祖国防衛隊構想の目的のひとつは、「間接侵略」を危惧している自衛官、特に情報担当の中心にいる自衛官を味方に引き込むことだったと思われる。構想はその目的のための手段という一面を持っている。そのためには、自分が彼らと同じ状況認識をもっていると称して、彼らに接近することが肝要であろう。彼が、本当に彼らと同じ思想を持っているかどうかは関係ない。山本舜勝が、その構想を示されて、大作家三島が彼と同じ道を進もうとしていることに感激したのは当然であろう。山本のような立場の人間が抱いていると思われる内容をそこに盛り込んだからである。構想の内容が、三島自身の思想の表明であると見るのはまちがいであろう。

ここで、三島の防衛論がなぜ治安出動の一点に集中しているのかについて、刑事訴訟法的な方法論との関係から、ひと言触れておきたい。すでに見てきたように、彼は、日本の自主防衛の唯一の機会は、治安出動にあると一貫して説き続けていた。それは、緻密な論理の帰結であるが、どこか奇妙である。

彼は、徳岡孝夫によるインタビューで、次のように言っていた。

これは私個人の考へですが、自衛隊法第三条にある「直接侵略、間接侵略に対して自衛する」といふ、その「間接侵略」とは内戦想定にほかならないと思ひます。しかし自衛体内には内戦想定にはつきり踏みきれないものがなにかあるやうで、私は「はつきり内戦想定に踏みきるべきだ」といふことをいつてきました。

自衛隊員たちが、このような論理を突き付けられて逡巡するのは当然だろう。日本人同士が敵対して殺しあうような内戦状態が究極の自主防衛だとは、心情としては、どうしても認めたくないだろう。

おそらく、間接侵略に対処するために立ち上がることこそが、唯一の自主防衛の機会だという主張は、三島が治安出動のときにぜひやりたいと思っている計画を準備するための論理的プロセスであろう。目標は治安出動そのものではなく、そのときだけ可能なある行動である。それは、体験入隊を希望したときから、いや「英霊の聲」を書き上げて間もない頃から、彼の胸中にあったドラマの結末だった。「間接侵略に対する治安出動」こそが唯一の自主防衛だという論理は、その結末を自然の流れの結果であるかのように見せかけるためのプロセスであると思われる。文学創作の場合と同じように、最後にあらわにされるまでその結末を秘密にし続けようとしていたのだろう。

自衛隊の情報関係者を仲間に引き入れるのが、祖国防衛隊構想の目的のひとつだったと思われる。しかし、もうひとつ、のちの楯の会を作ることもこの構想の目的だった、と私は推測する。三島は、壮大な構想を描きながら、それをみずからの手で壊したのだろう。壊したあとに残る、のちの楯の会の母体を作るためである。祖国防衛隊構想の目的は、それを実現させることではなくて、それを壊してそのあとに残された組織を作ることである。このような推理はあまりにも奇抜と思われるかもしれないが、それは三島文学の創作方法としては、かなり常套的な方法である。

この構想が瓦解した原因は、財界から思うような支援が得られなかったからだとされている。もっと具体的に言えば、この構想の実現をめざす過程で、当時の財界の実力者のひとりであった日経連常任理事桜田武に門前払いを食わされたためだ、というものである。

山本舜勝は、彼の家に三島が訪ねてきたときに、三島自身からこの話を聞いている。

突然、三島氏が吐き出すように言った。

「先日、私は藤原さん（引用者注▼藤原岩市）の案内で、日経連会長《ママ》の桜田武氏のところへ相談に行ったんです。その際、桜田氏は、私に三百万円の援助を切り出し『君、私兵なぞ作ってはいかんよ』と言ったんです！

それは思いもよらぬ激昂だった。だが私には、その激昂の意味がよく分からなかった。（略）いかに相手が日本財界の大立者とはいえ、たった一人の言い草ではないか。多少の皮肉まじりの忠告なぞ、聞き流してしまえばいいではないか。やはり、誇り高き大作家なのだ、その誇りを傷つけられて激昂してしまったのだな、と思っただけだった。

（『三島由紀夫　憂悶の祖国防衛賦』）

しかし山本はのちに、三島が激昂してみせたのは、三島がそれまでの路線を変更する決意を示すためだったことに気づく。しかも山本は、祖国防衛隊構想そのもののなかに、当初からその路線転換の可能性が含まれていたことに気づくのである。

この夜、三島氏が拙宅を訪れたのは、氏の内部に生じたこの路線変更を私に告げ、当然私との間に起こるはずの矛盾を、事前に確認し、でき得ればそれを解消して今後に備えよう、と意図したためと考えて間違いないだろう。

路線変更とは、全国的に各企業から集められた隊員から組織される本格的な民間防衛組織を作ることから、その中核要員のみによる組織作りへの変更である。そして山本は、民間防衛隊構想は、もし財界の支援がなければ、前者の路線を断念し、後者の路線へと変更する可能性のあることが、この構想の当初から織り込みずみだったと推測している。その根拠となるのが、先に引用した「草案」の次の箇所である。

まだ法制化を急ぐ段階ではありませんから、純然たる民間団体として民族資本の協力に仰ぐの他はなく、一方、一般公募にいたる準備段階に数年をかけ、少くとも百人の中核体を一種の民間将校団として暗々裡に養成することが先決問題と考へられたのであります。

そして実際に、三島はこのころから、この「中核体」の組織化に重心を移す。日本学生同盟（日学同）や全国学生協議会（全国学協）などの民族派学生組織などから学生を集め、彼らを昭和四十三年三月一日から二十八日まで自衛隊に体験入隊させている。人選を任されたのは持丸博である。

桜田が、三島に札束を投げつけるような屈辱を与えたというエピソードは、フィクションだろう。そう推測する根拠のひとつは、持丸博の証言である。持丸が保阪正康に語ったところによれば、桜田が三百万円の金を払ったという噂は事実無根であるという。

この時期、『論争ジャーナル』編集次長の地位にあった持丸博が、三島と行動を共にして財界人のあいだを回った。持丸の話では、三島は、財界人から一円の資金援助も受けておらず、桜田から三百万円を受け取った事実などまったくないといい、同席していただけに情景を説明しながら怒りをあらわしている。

（保阪正康『三島由紀夫と楯の会事件』）

持丸が嘘を言ういわれはないだろう。持丸が嘘を言っていないとすれば、嘘を言っているのは、三島自身なのではないか。

フィクションだと推測するもうひとつの理由は、三島自身の書簡から窺われる、この問題に対する桜田の態度である。

三島が桜田に会ったのは、昭和四十三年三月の前半頃ではないかと思われる。昭和四十三年三月十八日の三島の三輪良雄宛の手紙でそれに触れられているからである（『決定版三島由紀夫全集』第三十八巻）。手紙の趣旨は、桜田に会って構想を説明したが、桜田の「意志がはっきりつかめず」、三輪から桜田に対して口添えしてもらいたいというものである。

その手紙のなかで三島は、桜田がこの構想に完全に賛成しかねている理由を彼なりに推測して列挙している。そのなかには、祖国防衛隊が「下手をすると、三島の私兵化するのではないか」と桜田が危惧しているようだということも含まれている。その点では、桜田が「君、私兵なぞ作ってはいかんよ」と言ったというのは事実無根ではない。しかし桜田は、この構想を歯牙にもかけずに却下しようとしたわけではない。彼はむしろそれに深い興味を抱き、真剣に検討しようとしていたようである。一面では危惧を感じながらも、ある面ではそれに共鳴し、三島の構想をさらに発展させようとさえ考えていた。この手紙は、桜田が藤原岩市に対して、「どうです、あなたが他の仕事を投出しても、これをやつて見る気はありますか」と促したということも伝えている。三島には一抹の不安があるが、藤原が本腰を入れてこの計画を推進するのであれば、自分としても賛成したい、というのである。

三島は、「この間の桜田氏との会見は初対面でもあり、時間も足りず、意が尽くせなかつた」と述べている。そこで、桜田の疑念を払拭するような三島なりの「釈明」をこれもまた列挙して、三輪から桜田に対して口添えしてくれるように依頼している。その釈明のなかには、「最終形態としては、桜田氏案の、宮様総裁の大組織の理想に全く賛成であること。そのときの自分の地位は、小隊長以上は望まぬこと」という言葉も見える。桜田は、三島の構想を聞いて、それを宮様を総裁に戴く組織にまで発展させることを夢見ていたのである。

この後、三輪の桜田に対する口添えは功を奏したようである。同年四月十七日の三輪宛の手紙では、「三輪様のお口添えで、桜田氏も何より安心されたやうにお見受けいたし、前回とは全くことなる和やかな落着いた雰囲気で、『よく理解していただけた』といふたしかな実感がありました。この上の喜びはございません。」と三島は述べている。

これ以後も、三島が桜田と会ったのか、会ったとすれば、どのように話が展開したのかは全く分からない。しかし、桜田が三島の祖国防衛隊構想に対して実際に取った対応は、三島が山本に語ったものとはかなり違っていたことは確かであろう。桜田は決して門前払いするような対応はしていない。慎重にしかし真剣にそれを検討しようとしたようである。

このように見てくれれば、桜田が三百万円の金を出して三島を追い払おうとしたというような状況は想像しにくい。持丸の「桜田から三百万円を受け取った事実などまったくない」という言葉は、そのとおりだったのではなかろうか。

山本は前述のとおり、祖国防衛隊構想は当初から二段階構想を内包していたと推測した。そして、あくまでも財界の支援を三島は期待していたが、それがかなわなかったために、全国的な民兵組織を作る方針から、中核体のみを組織する方針へと変更したと解釈している。後者の方針は、前者が実施不可能になった場合には、そちらに変更される可能性があらかじめ織り込まれていたもの、と山本は見ている。そしてその路線変更の契機になったのが、桜田から三島が受けた屈辱であった、と考えている。その屈辱が「誇り高い大作家」の心を傷つけたことに疑問をはさんではいない。

しかし、三島が桜田から屈辱を受けたというエピソードがフィクションだったとすれば、彼が山本の前で激昂してみせたのは、演技だったと見るべきだろう。

三島は山本に対して、これ以前にも、演技を成功させている。それは、前述の二人の初対面の場面である。三島は、じっと山本の目を見据えながら、「もう書くことは捨てました。ノーベル賞なんかには、これっぱかりの興味もありません」と言い放った。山本はそれに気圧されて、「これは本気なのだ」と思う。そしてその場で、「間接侵略対処の訓練面」での援助を約束する。山本は、あまりにも迫力のある三島の態度に、「これは本気なのだ」と思わせられたのである。

ここで、三島の「演技」について一言触れておきたい。彼は、プロの演技者としての訓練を体験している。彼は、『からっ風野郎』や『人斬り』などの映画に出演して話題になった。役者として優れていたとは言えないにしても、そこで最低限の演技力は身につけたと思われる。その演技力によって、山本に「これは本気なのだ」と思わせることに成功した。

そしていままた、カネで門前払いされたことに自尊心を傷つけられたという演技をすることによって、三島は状況を自分の思いどおりに誘導することができた。

山本の推測によれば、三島の考えは、全国的な民兵組織をつくる計画の準備が十分に整わない場合には、やむを得ずそれを断念して、中核体のみの組織化へ進もうというものだった。つまり、前者を最大の目標にするが、それがかなわない場合には、次善の策として後者もありうるという考えである。

しかし、迫真の演技までして路線の変更を図ったということは、三島の目標は当初から後者にあったということではなかろうか。前者の計画は最初から切り捨てられるべきものとして、三島は計算していたのであろう。目的はあくまでも中核体、つまり後の楯の会の母体を作ることであって、それが自然の流れのなかで生まれてきたように見せかけるために、壮大な祖国防衛隊構想を打ち上げ、さらに桜田に関するフィクションを口実にしてそれを壊したのだ、と私は推理する。楯の会の誕生は、けっして偶然の産物ではなく、綿密な計画の結果生れたものである。ここに至って、万代とはじめて会ったときに空想した組織が実現したのである。

しかしそれにしても、壮大な構想を綿密に作り上げ、わざわざそれを壊すことによって目的を果たしたという推理は、あまりにも不自然ではないか、と思われるかもしれない。しかし、ストーリーを堅牢な建築物のように積み上げて、最後にそれを自分の手で壊すというのは、三島文学にかなり常套的な方法である。文学におけるその手法をここでも用いたのだ、と私は考える。

その手法を三島は、積木くずしの比喩を使って、次のように語っている。

私はよく比喩として積木を持ち出すのだが立派な芸術は積木に似たやうな構造を持ち、積木を積みあげていくやうなバランスをもつて組立てられてゐるけれども、それを作るときの作者の気持は、最後のひとつの木片を積み重ねるとたんにその積木細工は壊れてしまふ、さういふところまで組立てていかなければ満足しない。積木が完全なバランスを保つところで積木をやめるやうな作者は、私には芸術家ぢやないと思はれる。世の教訓的な作家とかいはゆる健全な作家といはれてゐる連中は積木を壊すことがイヤなのである。最後の一片を加へることによつてみすみす積木が崩れることがわかつてゐながら、最後の木片をつけ加へる。そして積木はガラガラと崩れてしまふのであるが、さういふふうな積木細工が芸術の建築術だと私は思ふ。

（「わが魅せられたるもの」）

祖国防衛隊構想は三島の思想を表現したものではないと述べたが、そのことを明らかに示す例をひとつだけここであげておこう。この構想の一部は、彼のほかでの発言と明らかに矛盾しているのである。

当時は、新採用された社員の新人教育の一環として、彼らを自衛隊に体験入隊させる企業がよく見られた。徳岡によるインタビューでも、このことに触れた応答がある。「新入社員を体験入隊させる経営者の気持ちがわかりましたか?」という質問に対して、三島は次のように切って捨てている。

まつたくわかりませんね。

これを喜んでゐる自衛隊の気持もまつたくわかりません。一企業体の社長が、新入社員を自分に好ましく服従させるために自衛隊を利用してゐるやうに思ふし、自衛隊も喜んで一企業体の利益に奉仕する必要はないんぢやないですかね。

しかし、祖国防衛隊構想は、この企業の社員体験入隊をさらに一歩前進させたものなのである。先の「草案」にも、「隊員の雇傭主は、隊員訓練期間の有給休暇を与へる義務を負ふ」とあった。

さらに、やはりほぼ同じ時期に作成されて自衛隊関係者に配布したと思われる『J・N・G仮案（『Japan National Guard――祖国防衛隊）』という文書は、それをさらに敷衍させている。

そこでは、「企業防衛こそ国土防衛の重要な一環であり、一例が電源防衛にしても、それ自体がただちに国土防衛の本質的なものにつながります」とか、「企業防衛イコール国土防衛の精神を確立するために、われわれは陸上自衛隊の協力を得て、従来の体験入隊より一歩前進した、比較的長期間の組織的体験のプランを作製し、各企業体経営者各位の賛同を得て、J・N・Gの横の組織を創り出したいと念ずるものであります」と言われている。

自分の本来の考えではないものをも提示しながら、自衛隊関係者に構想を浸透させようとしている。

前述のとおり、三島の防衛論は昭和四十五年に起こるかもしれない治安出動に収斂された特異なものである。昭和四十五年という年は未曾有の政治的混乱が起こるだろうと予想された年であり、彼がその年に治安出動があるかもしれないと考えたのは、一概に無謀な判断とはいえない。それはおそらく三島自身の判断であるが、この問題についての自衛隊自体の動きが、彼にその実現性に大きな期待を与えたということはあるだろう。

ここにひとつ重要な事実がある。自衛隊自身が、ある時期から、治安出動がありうることを想定してその準備に踏み出していたということである。山本が前掲書のなかでそのことに触れている。

陸上自衛隊は、……第一次羽田闘争以来、治安維持に関して憂慮すべき事態が到来したとみて、来るべき治安出動に備えての訓練を開始しており、首都東京の治安維持にあたるべき東部方面総監部でも、真剣に対策の研究が始まっていた。

この治安出動の先駆となるべき情報要員の教育を託されていた私は、三島氏の『祖国防衛隊』結成の着手を目前にして、これを見逃すわけにはいかなかった。

第一次羽田闘争は、昭和四十二年十月八日に起こった。佐藤首相のベトナム訪問阻止を叫ぶ学生達が警官隊と衝突し、学生のなかに死者を出す事態にまで至った。この事件が、自衛隊に決定的な転機をもたらした。「三年後に、日米安保条約の第二次改定を控えて、その反対運動の高まりが、当然憂慮され始め、自衛隊も、治安出動に対する訓練にその重い腰をあげたのである」（山本）。

治安出動に対する準備は、自衛隊のなかで内密に進められていた。三島はどこからかその情報を得ていたのではなかろうか。詳しいことは分からないが、自衛隊あるいは防衛庁（当時）の中枢に近いところから情報を得ていた可能性はある。藤原や三輪などとの人的つながりから得られた情報であったかもしれない。

第四章　昭和四十四年十月二十一日、決起計画はすべて紙屑になった

檄文によれば、三島は、最初の自衛隊体験入隊のとき以来、一貫して憲法改正の機会を待ち望んできた。そしてそれは、自衛隊が治安出動するときにだけ可能なことだった。しかし、昭和四十四（一九六九）年十月二十一日の国際反戦デーにおける反政府デモが圧倒的な警察力によって不発に終わったとき、治安出動の可能性は消え、それとともに憲法改正の夢も消えた。したがって、昭和四十四年十月二十一日という日は、「憲法改正を待ちこがれてきた自衛隊にとつて、決定的にその希望が裏切られ」た「悲劇の日」だった、と彼は言う。

しかし、檄文におけるこのような論理の展開はフィクションであろうと、私は推理した。彼が事件の四年前から憲法改正を目指していたとは考えにくい。昭和四十四年十月二十一日以前に彼が実現を目指していた計画は、憲法改正とは無関係なものだったはずである。そしてそれが不可能になったために、やむを得ず方向転換して、憲法改正を新たな決起目標に据えたのではないか。さらに、

それ以前の行動も憲法改正を目指すためのものであったかのように見せかけようとしたのではないか。そのように推理した。

だとすれば、彼にとって昭和四十四年十月二十一日という日が「悲劇の日」であるのは、憲法改正の可能性が消えたためではなく、それとはまったく違う何かの計画が決定的に断たれたためである。彼はそこで深刻な挫折を経験したはずである。そしてその挫折が深刻なものであったならば、その痕跡はどこかに窺えるはずである。私は、その挫折の痕跡は三島の言動のそこかしこに刻まれていると考える。

しかし多くの三島研究者は、その痕跡をそれ以外のものと見誤っているように私には思える。彼らが見誤っているのは、おそらく彼らの先入観のためである。その先入観とは、彼の行動計画は終始一貫して自衛隊乱入事件を目標にしていた、とする見方である。

三島は、昭和四十五年二月二十日、『暁の寺』を脱稿した。そのとき彼は奇妙な不快感に襲われ、「実に実に実に不快だった」と言っている。「実に」を三度も繰り返している。よほどのことがあったのだろう。この不快感はなぜなのか。それは、三島研究者を悩ませ続けてきた謎のひとつである。

『暁の寺』は、昭和四十三年九月から『新潮』に連載されていた。脱稿した昭和四十五年二月二十日は、檄文で「悲劇の日」と呼ばれた昭和四十四年十月二十一日から四カ月後のことである。『暁の寺』執筆の時期は、彼が楯の会の活動に打ち込んでいた時期と重なる。したがって、この作品を解説して、森川達也が次のように言うのは、きわめて妥当である。

三島が死を決意したのは、いつごろのことであったのか。それを正確に指摘することは、むろん誰にも不可能である。けれども、彼がこの作品『暁の寺』に着手し始め、やがて完結するに至るまでの期間が、この事件（引用者注▼三島事件）遂行にとって、決定的な意味を持つ時間であったことは、疑いようがない。逆に言えば、もっとも切迫した現実の只中にみずからを置いて、身を刻むかのようにして書き上げたのが、この作品であったと断言してよいように思われる。

（新潮文庫版『暁の寺』解説）

まさに「もっとも切迫した現実の只中にみずからを置いて、身を刻むかのようにして」この作品を書き上げた直後に、三島は、「実に実に実に不快だった」と言ったのである。その言葉は、次のような文脈のなかで出てくる。

つい数日前、私はここ五年ほど継続中の長篇「豊饒の海」の第三巻「暁の寺」を脱稿した。これで全巻を終つたわけでなく、さらに難物の最終巻を控へてゐるが、一区切がついて、いはば行軍の小休止と謂つたところだ。路ばたの草むらに足を投げ出して、煙草を一服、水筒の水で口を湿らしてゐるところを想像してもらへばよい。人から見れば、いかにも快い休息と見えるであらう。しかし私は実に実に実に不快だつたのである。

この快不快は、作品の出来栄えに満足してゐるか否かといふこととは全く関係がない。(略)「暁の寺」の完成によつて、それまで浮遊してゐた二種の現実は確定せられ、一つの作品世界が完結し閉ぢられると共に、それまでの作品外の現実はすべてこの瞬間に紙屑になつたのである。私は本当のところ、それを紙屑にしたくなかつた。それは私にとつての貴重な現実であり人生であつた筈だ。しかしこの第三巻に携はつてゐた一年八ヶ月は、小休止と共に、二種の現実の対立・緊張の関係を失ひ、一方は作品に、一方は紙屑になつたのだつた。(略)

私はこの第三巻の終結部が嵐のやうに襲つて来たとき、ほとんど信じることができなかつた。それが完結することがないかもしれない、といふ現実のはうへ、私は賭けてゐたからである。この完結は、狐につままれたやうな出来事だつた。

(「小説とは何か」)

森川は、先の解説のなかで、この文章を「韜晦《とうかい》をきわめた、まことに奇怪な告白」と呼んでいる。たしかに、分りにくい表現がされている。『暁の寺』の完成とともに、「作品内」と「作品外」の「二種の現実」が「対立・緊張の関係を失い」、「一方は作品に、一方は紙屑になった」とは、どういう意味なのだろうか。

森川はそれを、この作品が取り扱っている「唯識」の思想によって解釈しようとする。

私がいま問おうとしているのは、三島があのようにも貴重としてきた現実と人生の一切を、一瞬にして呑み尽し、紙屑と化してしまった作品世界の本質とは、いったい何であったのか、ということなのだ。端的に言えば、それは恐らく、この巻の随所に追求される、大乗仏教を支える二つの根本思想のうちの一つ、いわゆる「阿頼耶識《アーラやしき》」を中核として展開された、あの目くるめくばかりに巨大な「唯識《ゆいしき》」思想の世界に、打ちのめされてのことではなかったのか。（略）三島はこの巨大な思想が開示する、目くるめくばかりの世界がたしかに実在するさまを、ある瞬間にかいま窺《み》た、と思われるふしがある。するとそのとき、彼の生きている現実・人生の全体は、一瞬にして空無化し尽される。それが「阿頼耶識」というものの現前するすがた――法相――ではないのか。「一つの作品世界が完結し閉じられると共に、それまでの作品外の現実はすべてこの瞬間に紙屑になった」という彼の告白は、やはり本当でなければならない。

つまり、森川は、壮大な「唯識」の思想体系が、三島の実生活をも呑み込んでしまったと解釈している。

しかしこのような解釈は、創作活動と実生活との関係についての、三島の通常の態度と矛盾する。彼はつねに、創作と実生活を截然と分かち、お互いに相手を侵蝕させないことに、絶対の自信をもっている作家だった。奇妙な不快感を表明したのと同じエッセーのなかで、彼は次のように言っている。

かくて、この長い小説を書いてゐる間の私の人生は、二種の現実（引用者注▼作品内の世界と作家の実生活）を包摂してゐることになる。バルザックが病床で自分の作中の医者を呼べと叫んだことはよく知られてゐるが、作家はしばしばこの二種の現実を混同するものである。しかし決して混同しないことが、私にとつては重要な方法論、人生と芸術に関するもつとも本質的な方法論であつた。

「紙屑」になってしまった「作品外の現実」とは、何なのか。「作品内」の唯識の思想によって「作品外の現実」が侵蝕されるということは、少なくとも彼の言う「人生と芸術に関する方法論」とは矛盾するように思われる。

一般読者を想定したエッセーにおいては、韜晦にからめて表現するしかできなかったことを、はるかに直接的な表現で述べていると思われる私信がある。それは、昭和四十五年三月五日の、学習院時代の恩師清水文雄にあてた手紙である。平成十五（二〇〇三）年に刊行された清水文雄宛の書簡集で、はじめて公表されたものである。昭和四十五年三月五日といえば、『暁の寺』脱稿から半月後で、「小説とは何か」における問題の発言とほぼ同時期である。

ここ（引用者注▼御殿場市滝ヶ原陸上自衛隊普通科教導連隊）へ来る前の二ヶ月の書き溜めの

仕事は、猛烈なものでした。「暁の寺」をたうとう完成させたのがその一つですが、「暁の寺」の完成の感想は、一口に言って憂鬱でありました。本当はこの巻の途中で日本が騒乱の渦に巻き込まれ、文学どころではなくなることを望んでゐたからです。なか〳〵悪魔の祈りは叶へられぬものであります。

（『師・清水文雄への手紙』）

「一口に言って憂鬱でありました」とは、「実に実に実に不快だった」というのと同一の心理状態を指すと言っていいだろう。その「憂鬱」の原因は、明瞭に述べられている。「本当はこの巻の途中で日本が騒乱の渦に巻き込まれ、文学どころではなくなることを望んでゐたからです」と。

「小説とは何か」における問題の発言を、清水宛の手紙に照らして読めば、「作品外の現実」とは、楯の会に関わる活動と解釈するべきであろう。「この巻の途中で」、日本中を巻き込む「騒乱の渦」が引き起こされることを期待したが、それが実現しなかったことに落胆したのである。

彼は、楯の会を率いてその「騒乱の渦」のなかに飛び込みたかったのだろう。「騒乱の渦」とは、いままで見てきた彼の防衛論から考えれば、混乱が極まって自衛隊の治安出動があったとき、と解釈してよいだろう。そしてそのとき、彼は楯の会を率いて行動を起こそうと計画していた。治安出動がなければ、彼の防衛論はすべて無意味になり、そのときのために準備されてきた楯の会の行動計画も不可能になる。治安出動がなくなったことによって、楯の会に関わる行動の世界が「紙屑になってしまった」と三島は落胆したのではないか。治安出動の可能性が消えた昭和四十四年十月二十一日、彼にとって「貴重な現実であり人生であつた」「作品外の世界」である楯の会の活動は、「紙屑」になった。

しかし、そのように推理したとき、やっかいな問題があらわれる。昭和四十四年十月二十一日以後も、楯の会の活動は「紙屑」にならなかったではないか、という疑問が生れるのである。楯の会の活動は、昭和四十四年十月二十一日をもって終ったわけではなかった。それはその後も継続され、最終的には翌年十一月二十五日の「自衛隊乱入事件」という衝撃的な結末をもたらした。楯の会のその後の展開を考えれば、昭和四十四年十月二十一日で、その活動が「紙屑になってしまった」とは、考えにくいのである。

森川が、先に引用したような解釈をしたのもおそらくそのためであろう。彼は、『暁の寺』を「もっとも切迫した現実の只中にみずからを置いて、身を刻むかのようにして書き上げた」作品と認識していた。だとすれば、「作品外の現実」とは、その当の「切迫した現実」つまり楯の会の活動を指すと、いったんは彼も考えたのではなかろうか。しかし、楯の会の活動がこの時点で「紙屑になった」とは考えられない。したがって、「作品外の現実」とは、楯の会の活動ではありえない。それ以外のなにかでなければならない、と考えたのだろう。

この問題について、私は、次のように考える。昭和四十四年十月二十一日に、自衛隊体験入隊以来、営々と築き上げられてきた決起計画は、すべて瓦解した。楯の会を作った意味もなくなった。三島は、この時点では、その後に展開されることになる楯の会の活動についてはまったく夢想もしていなかった。その後の会の活動は、三島がそれまで考えていたのとはまったく違う状況で進展した。楯の会の活動は、昭和四十四年十月二十一日をはさんで連続しているように見えるが、そこには決定的な断絶がある。その前と後では、楯の会の性格はまったく違うものになった。

終ったはずのものがなぜ終らなかったのか。断絶したはずのものを連続させた動因は何なのか。それについては、次章で推理したい。ただここで予想できることは、この挫折以後の活動は、不本意ながら行なわれたものだっただろうということである。

この挫折した計画に対する執着がいかに強かったかを示す資料がある。それは、川端康成にあてた昭和四十四年八月四日付の手紙である。これは、平成九（一九九七）年に、「川端康成・三島由紀夫往復書簡集」として『新潮』に初公開された書簡集のなかに含まれている。それは、三島の葬儀で葬儀委員長を務めた川端が弔辞のなかでその一節を引用していたこともあって、特に注目された手紙である。

ここ下田に十六日までゐて、十七日には、又自衛隊へ戻り、二十三日迄自衛隊にゐて、新入会員学生の一ヶ月の訓練の成果に立ち会ふ予定であります。ここ四年ばかり、人から笑はれながら、小生はひたすら一九七〇年に向つて、少しづつ準備を整へてまゐりました。あんまり悲壮に思はれるのはイヤですから、漫画のタネで結構なのですが、小生としては、こんなに真剣に実際運動に、体と頭と金をつぎ込んで来たことははじめてです。一九七〇年はつまらぬ幻想にすぎぬかもしれません。しかし、百万分の一でも、幻想でないものに賭けてゐるつもりではじめたのです。十一月三日のパレード（引用者注▼楯の会結成一周年記念パレード）には、ぜひご臨席賜はりたいと存じます。

ますますバカなことを言ふとお笑ひでせうが、小生が怖れるのは死ではなくて、死後の家族の名誉です。小生にもしものことがあつたら、早速そのことで世間は牙をむき出し、小生のアラをひろひ出し、不名誉でメチヤクチヤにしてしまふやうに思はれるのです。生きてゐる自分が笑はれるのは平気ですが、死後、子供たちが笑はれるのは耐へられません。それを護つて下さるのは川端さんだけだと、今からひたすら便り《ママ》にさせていただいてをります。

又一方、すべてが徒労に終り、あらゆる汗の努力は泡沫に帰し、けだるい倦怠の裡にすべてが納まつてしまふといふことも十分考へられ、常識的判断では、その可能性のはうがずつと多い。（もしかすると90パーセント!）のに、小生はどうしてもその事実に目をむけるのがイヤなのです。ですからワガママから来た現実逃避だと云はれても仕方のない面もありますが、現実家のメガネをかけた肥つた顔といふのは、私のこの世でいちばんきらひな顔です。

この手紙は、「一九七〇年に向つて」の「実際運動」について、狂おしいような思いを語っている。その「実際運動」の計画がどのようなものなのかについて具体的な記述はない。しかし、それは自らの死を伴うことが明言されていることもあって、彼の最期を予告しているように見える。

これらの往復書簡を発見した佐伯彰一は、書簡集が発表された『新潮』誌上での、川端香男里との対談で、特にこの手紙に注目して、三島を「一年以上も前の時点でご自分の最後まで、きっちりデザインしていた」「恐るべき計画家」と呼んでいる。佐伯は、この手紙を書いていた時点ですでに、三島は一年以上のちの「三島事件」を明瞭に思い描いており、それに向かって一直線に邁進していたと解釈しているのである。

しかし、このような見方を、元民族派活動家の佐藤松男は、ありえないこととして明瞭に否定している。

佐藤　三島由紀夫の葬儀で川端さんがなさった葬儀のあいさつでは、この手紙を市ヶ谷の自刃のことを前提にして書かれたものとして触れられていましたが、それに佐伯彰一さんなども、三島由紀夫がその手紙で、自分はどんな非難を受けてもいいけれども、自分が死んだあとの子供たちのことが心配だということを書いているので、これはあの事件の事をすでに匂わせていたのだと言うわけです。いずれも誤っていると思います。

これは昭和四十四年（一九六九）八月の手紙ですから、極左勢力の行動には前年に比べかなり陰りが見えていたとはいえ、三ヶ月後の一〇・二一、十一月の佐藤訪米阻止闘争、さらに七〇年にはいっそうの騒乱状態が起こり得るかもしれないとのかすかな期待感を抱き、それに対する阻止行動の中で反革命として斬り死にするということなのです。この手紙の八月の段階ではほんの僅かな可能性であってもそれに賭けていたので、一〇〇％の諦めには至ってはいません。従って市ヶ谷の自刃を指している訳ではありません。

（持丸博・佐藤松男『証言　三島由紀夫・福田恆存　たった一度の対決』）

これはきわめて的確な指摘である。この手紙はのちの三島事件、つまり自衛隊乱入を予告しているわけではない。手紙で触れられている計画は、この三カ月半後に決定的に挫折した幻の行動計画のはずである。この手紙の持つ資料的価値は、のちの三島事件を予告していることにあるのではない。それ以前に存在していたそれとはまったく違う計画に対して、実現がほぼ不可能に近づいていたにもかかわらず、なお激しい執着を抱き続けていたことを示している点にある。

そのように見れば、彼がこの手紙で触れている挫折の可能性は示唆的である。彼は、「常識的判断」では、計画が「泡沫に帰」する可能性は「90パーセント」かもしれないと言っている。この計画が三島事件を予告しているという先入観を持って見れば、三島は一〇パーセントしかない実現の可能性を奇跡的に覆して見事に成功させたということになる。しかし、それはありえない。現実には、この九〇パーセントの確率は、その三カ月半後には一〇〇パーセントになり、計画は「紙屑になった」のである。

昭和四十四年十月二十一日の挫折は、創作活動にも深刻な影響を与えた。創作意欲が急速に衰えたからである。挫折しながらも、どうにか『暁の寺』を完成させることができたのは、「嵐のように襲ってきた」インスピレーションによって、どうにか終結部分を書きおおせたからである。しかし、そのインスピレーションが過ぎ去ったあと、彼は、涸れかけた創作意欲を抱えながら、それでもなお『豊饒の海』四部作の完成へと自らを駆り立てなければならない苦しみと戦うことになる。

三島は、第三巻『暁の寺』を完成させてから最終巻『天人五衰』の執筆に取りかかるまで、二カ月休載している。それについて、三島担当の編集者だった小島千加子は、「『奔馬』から『暁の寺』に移るとき、一刻もゆるがせに出来ぬとばかり嬉々として先へ進んだのにくらべ、奇異な感じのする二ヶ月であつた」と言っている（小島千加子『三島由紀夫と檀一雄』）。

もっとも小島は、再開まで二カ月を要したのには、それなりの理由があったためだろうとも推測している。最終巻は、執筆当時の「現代風俗をすべて取り入れるという観点から、その場になつて細部を組み立てるたてまへであり、その準備として二ヶ月の休みはもつともと言へた」と、彼女は述べている。また、「学生をひきゐての長期入隊として最後の」「三月からほぼ一ヶ月にわたる富士学校への体験入隊が、主な原因であつた」とも述べている。

しかし、学生を引き連れての自衛隊体験入隊といっても、三島はその期間中びっしり楯の会会員たちと行動をともにしていたわけではない。適宜、東京の自宅に帰り、また富士学校滞在中も、執筆できるように特別に個室を確保してもらっている。事実、会員の体験入隊期間中であっても、彼の執筆活動はこれまで中断されることなく継続されてきた。

また、「現代風俗をすべて取り入れる」ための「準備」という点についても、彼が「主人公安永透の職業その他に関する取材の三保行」を行うのは、四月二十日になってからである。少し遅すぎる。創作意欲の冷めかけた仕事に、ようやく重い腰をあげた、と見るべきではなかろうか。

小島は、『天人五衰』執筆中の三島に、濃い「倦怠」の影が射しているのを目撃している。あるとき、『豊饒の海』を完成させたあとの予定を聞かれて、「今の小説が終つたあとのことは、何も考へられない。……やつぱり小説を書いてゆくしかないのかねえ……」と答えている。また別のときには、「ダダをこねる少年のやうな口吻で」「やつぱり小説を書いてゆくしかないのかなあ。……イヤだなあ」と言っている。そのときの三島の様子を、小島は次のように描写している。


前のときは冗談と聞いてゐたが、くり返されたことに、また口振りそのものに切実感があつた。意志と頭脳の支配が隅々までいきわたり、髪の毛一本ほどの齟齬も許さぬ、堅固な、長年の馴染みの世界が不意に変つた。巨大な鳥の嘴にくはへられて、いきなり見知らぬところに吐き出されたやうな気がした。常に好奇心に燃え、何でも見抜いてやる、といふ意欲で見開かれてゐた大きな眼が、ものうく、半眼にたゆたつてゐる。私をまともに見てはゐない。蜜蜂の律動のリズムに似て、うちから噴き上げてくるやうに発散していた普段のエネルギーが感じられない。物思ひに沈む気まぐれな少年に還つたやうな、不明晰な停滞があつた。

小島は、この時期の三島の倦怠を、彼の心に死への思いが芽生えてきたため、と理解しているようである。

死か、小説を書き続けるか、この両極の間を、どれほどの期間をかけて、又どれほどの懊悩をかけて渡り歩いたことであらう。その選択を能ふ限りくり返し己が胸に問ひ、確かめてゐた時期が、必ずしもこの会話のあつた頃と合致するとは限らないであらう。結論は早々と出て、なお尾をひいて胸に余るものが、折に触れ、少しづつ零れていつたのかもしれないのである。

昭和四十五年三月六日、つまり清水文雄に手紙を書いた翌日の、林房雄にあてた手紙においても、三島は創作意欲の枯渇を訴えている。

ここへ来る前に、やつと長篇の第三巻「暁の寺」も仕上げ、心機一転したところであります。四巻物でこんなに草臥《くたび》れるのですから、「西郷隆盛」の御壮業にはつくぐ頭が下ります。
全学連が静かになつて、又日本は眠りかけてゐるやうな気がします。本質的なことはなほざりにされ、又「仮面の日本」がつづくうちに、素顔を忘れてしまふだらう、と思ふと、いささか焦躁の感なきを得ません。

劇場にはすつかり興味を失くし、当分芝居を書く気もなくなりました。小説は何よりしんどいし、何より毒です。しかし、書きつづける他はありません。

『暁の寺』完成後、三島がいかに深い落胆に沈んでいたかを示す例を、もうひとつあげておきたい。昭和四十五年二月二十七日、つまり林にあてた手紙の一週間前の、ドナルド・キーンにあてた手紙である。

今、キーンさんが日本へ来られたら、きつといつになく元氣のない僕を御覧になるでせう。去年は、キーンさんは「日本人の学者の友人がみんな元氣のない時に、三島だけ元気だ」と言つてをられましたが、総選挙後の今は、状況は反対になつたのです。世の中はすでに、一九六〇年の安保のあとのやうに急にシーンと落着いてしまひ、何の危機感もなくなり、……従つて僕も元気がなくなりました。危機感は僕のヴィタミンなのに、ヴィタミンの補給が絶えてしまつたのですからね。

去年までは僕にとつて僕自身の小さなGötterdämmerungの希望があつたのですが、今ではその希望もなくなりました。皆が、たのしく生きのびること、を選んだのです。

仕方がありませんから、暮から二月まで、狂的に仕事に集中し、「暁の寺」(豊饒の海第三巻)も完成してしまひました。七月に出版されます。

Götterdämmerungとは、清水文雄にあてた手紙にあった、「文学どころではなくなる」ような「騒乱の渦」と同じものを指すのであろう。「仕方がありませんから、暮から二月まで、狂的に仕事に集中し」とあるから、元気がなくなった原因は、その少し前の十月二十一日に騒乱が起こらなかったことであると見てよいだろう。

『暁の寺』完成後、三島の創作意欲は急速に衰えた。それは、はっきりと表面に見えるようになった変化である。しかし三島研究者のあいだで、ここで誤解が生じているように思われる。ひとつの誤解は、小島が想像したように、この時期の三島の倦怠は、彼の心に死が忍び寄ってきたから、と解釈するものである。またもうひとつの誤解は、彼は「書けなくなったから死を選んだ」というものである。いずれも、今日まで根強く残っている見方である。三島の創作意欲が衰えたのは、なによりも、楯の会に関わる行動計画が破綻したからであろう。

先に引用した昭和四十二年一月の「念頭の迷ひ」という文章のなかで、彼は次のように言っていた。

私のことを、未練だ未練だと言ふけれど、それならヘミングウェイはどうだ。彼は老齢に達しても冒険的英雄的な死にあこがれ、これがみんな向うから死に逃げられ、おしまひに不本意きはまる自殺を遂げた。私はあんな風にはなりたくないものだと思ふが、あの気持はよくわかる気がする。

ヘミングウェイの身に起こったことが三島にも起こったのだ。彼は、昭和四十四年十月二十一日、「向うから死に逃げられた」。その結果、倦怠に沈んだのである。死の機会に逃げられて、生き続けるほかなくなったために、絶望したのである。死へと心が傾斜するようになったから倦怠に陥ったわけではない。だとすれば、最終的な結末も、ヘミングウェイほどではないにしても、「不本意」な死だったと言わざるをえないだろう。

林への手紙では、「小説は何よりしんどいし、何より毒です」とまで言っていた。「書けなくなった」と告白しているようなものである。しかし、このような言葉は、三島の創作活動がもっていた、他の作家とはまるで異なる独特の性格から理解されなければならない。

先に、作品内と作品外の二種の現実を「決して混同しないことが、私にとつては重要な方法論、人生と芸術に関するもつとも本質的な方法論であつた」という三島の言葉を引用したが、彼はそれに続けて次のように言っている。

故意の混同から芸術的感興を生み出す作家もゐるが、私にとつて書くことの根源的衝動は、いつもこの二種の現実の対立と緊張から生れてくる。そしてこの対立と緊張が、今度の長篇（引用者注▼『暁の寺』）を書いてゐる間ほど、過度に高まつたことはなかつた。（略）

その二種の現実の対立・緊張にのみ創作衝動の泉を見出す、私のやうな作家にとつては、書くことは、非現実の霊感にとらはれつづけることではなく、逆に、一瞬一瞬自分の自由の根拠を確認する行為に他ならない。その自由とはいはゆる作家の自由ではない。私が二種の現実のいづれかを、いついかなる時点においても、決然と選択しうるといふ自由である。この自由の感覚なしには私は書きつづけることができない。選択とは、簡単に言へば、文学を捨てるか、現実を捨てるか、といふことであり、その際どい選択の保留においてのみ私は書きつづけてゐるのであり、ある瞬間における自由の確認によつて、はじめて「保留」が決定され、その保留がすなはち「書くこと」になるのである。この自由抜き選択抜きの保留には、私は到底耐へられない。（略）

作品外の現実が私を強引に拉致《らち》してくれない限り、（そのための準備は十分にしてあるのに）、私はいつかは深い絶望に陥ることであらう。思へば少年時代から、私は決して来ない椿事《ちんじ》を待ちつづける少年であつた。その消息は旧作の短篇「海と夕焼」に明らかである。そしてこの少年時の習慣が今もつづき、二種の現実の対立・緊張関係の危機感なしには、書きつづけることのできない作家に自らを仕立てたのであつた。

（「小説とは何か」）

ここで述べられている「自由」の感覚は、一般の作家の場合とはまるでちがう性格のものである。彼にとっては、作品外の世界、つまり楯の会に関わる行動の世界があるからこそ、それと並行して行なわれる創作活動も緊張感をもって維持することのできるものだった。逆説的であるが、文学を捨てていつでもその行動の世界に飛び込む用意をもちながら創作することこそが、彼に自由の感覚を保証させていたのである。

彼の創作意欲が枯渇したのは、「二種の現実の対立・緊張関係」が破綻したからである。つまり、楯の会の活動という作品外の世界が「紙屑」になったために、それとの対立・緊張関係において維持されてきた作家としての自由が失われてしまった。そのために、彼は書けなくなったのである。「二種の現実の対立・緊張関係の危機感なしには、書きつづけることのできない作家に自らを仕立てた」と言っているが、その言葉は、キーンあての手紙の、「危機感は僕のヴィタミンなのに、ヴィタミンの補給が絶えてしまつた」という言葉に照応している。

昭和四十四年十月二十一日以後に彼に起こったことは、この文章が予告したとおりのものだった。治安出動のときに備えて、「準備は十分に」積み重ねてきた。しかし、その「作品外の現実が私を強引に拉致して」くれなかった。したがって「深い絶望」に陥ったのである。

しかし、ここでさらにまたもうひとつの疑問が生じてくる。

ここで述べられている二種の現実の緊張と対立の関係は、昭和四十五年十一月二十五日の最終的な両者の決着のつけられ方とは、矛盾するように見えるからである。

文学と政治的行動というふたつの世界は、最終的には、みごとに両立したかたちで締め括られたように見える。彼は、『豊饒の海』の最終稿を編集者に渡したその日に、自衛隊に乱入して割腹自殺した。それは狙いすました結末のように見える。並はずれた強固な意志によって、文学と行動の二つの世界を同時に終わらせたように見える。

しかし、「文学とは何か」や、先に引用した「念頭の迷ひ」などの彼の文章が示唆しているのは、やがて訪れるそのような調和的な関係ではない。

「年頭の迷ひ」では、行動の世界は、文学の完成を破壊させかねない危険なものとして意識されていた。行動の世界に突入することによって、畢生の大作が未完に終わってしまう危険を感じている。ライフワークは完成したい。しかし、「英雄的な死」の魅惑に抗することも難しい。両者を両立させることは無理だろう、と彼は見ていたのである。また、万代とはじめて会った昭和四十二年一月の時点では、『豊饒の海』の完成が、実際の完成より少なくとも二年先になるだろうと予測していたことも気になる。もっと時間をかけて完成させたかったのではないか。

清水文雄にあてた手紙では、「本当はこの巻の途中で日本が騒乱の渦に巻き込まれ、文学どころではなくなることを望んでいた」と言っていた。『暁の寺』執筆の途中で、彼は、英雄的死を実現しようとして、ライフ・ワークの完成を断念する覚悟をしていたのである。まさに彼は『暁の寺』が「完結することがないかもしれない、という現実のはうへ」「賭けてゐた」（「小説とは何か」）。たがいに相手を破壊しかねないはずのものであった文学と行動の世界が、みごとに調和したかたちで終結したように見えるのは、なぜだろうか。

ふたつの世界の関係が変わったのは、やはり昭和四十四年十月二十一日の挫折が原因だった、と私は考える。挫折以前は、行動の世界は、創作活動に対して、その中断を迫りかねない破壊的な力をもつものだった。そして、その激しく疾走する行動の世界があるからこそ、それと拮抗することで、創作活動の「自由」が確保された。しかし挫折後、そのような行動の世界は失われた。その後、なんらかの理由で再開された行動の世界は、本来の荒々しい力を失ったものとなり、作家を「強引に拉致する力」などもはや持っていなかった。したがってそれは、彼によって制御できるものへと変化した。両者が調和的なかたちで最後を迎えたのは、そのような事情によるのではなかろうか。

彼は、もちろんふたつの世界をそれぞれ念願どおりに完成させたかっただろう。したがって、両者を無事完成させることができたのは、予期せぬ僥倖だったとも言える。しかしそこに、三島の困難を克服した強固な意志の力を見るべきではない。それは、行動の世界が荒々しい力を失い、制御できるものとなったためにもたらされた結果である。そしてさらに重要なことは、いつ彼を「拉致するかもしれない」行動の世界があることこそが創作意欲の源泉だったのだから、それを失った文学の世界は、どうにか完成までこぎつけはしたものの、以前の三巻とはまるで違った、精彩を欠いたものにならざるをえなかった、ということである。その両立は、簡単に僥倖とは言えないものを含んでいる。

第五章　挫折を乗り越えて自衛隊乱入へ——楯の会会員のために

前章で見たように、三島は『暁の寺』を脱稿した直後、深刻な不快感に襲われ、「作品外の現実は紙屑になった」という謎の言葉を残した。私はそれを、それまで営々と築かれてきた楯の会の決起計画が挫折したことを意味すると解釈した。さらにその挫折は、その四カ月前の国際反戦デーにおいて、治安出動の可能性がなくなったことに起因すると解釈した。

しかし、昭和四十四年十月二十一日の国際反戦デー以後も、楯の会は活動を停止したわけではなかった。いわば、終ったはずのものが終らなかった。三島にとってもはや存在意義を失ったはずの楯の会が、なぜさらに存続して、昭和四十五年十一月に自衛隊乱入事件を起こすまでになったのか。さらにその際、なぜ憲法改正を訴えたのか。憲法改正は、三島の従来からの主張ではなかったはずである。

その間の経緯を明らかにできる資料はきわめて少ない。したがってこの章の記述は、この本のなかではもっとも主観的な推測に基づいたものにならざるをえない。

挫折した三島を、自衛隊乱入に至るまで駆り立てた要因はふたつあったのではないか、と私は考える。ひとつは楯の会学生長森田必勝の突き上げであり、もうひとつは、楯の会会員に対する三島の責任感である。そしてそのふたつは密接に関係し合ったものである。

新右翼団体一水会元顧問の鈴木邦男は、三島事件について次のように述べている。

この事件は、実は三島ではなく、森田のほうから言い出したのではないか、と僕は思っている。三島が自決の道連れとして森田を選んだのではない。三島の憂いと絶望の深さを知った森田が計画を持ちかけたのではないだろうか。これはいわば「森田事件」なのだ。

（鈴木邦男『夕刻のコペルニクス』）

私は、楯の会会員や森田と親しかった民族派の人たちのあいだに、このような見方があることはかなり前から知っていた。しかし正直に言って、このような見方をあまり重要視する気にはなれなかった。森田に対する同情から出た憶測に過ぎないのではないかと思っていたからである。森田は、三島とともに自決しながら、偉大な三島の存在に隠されて注目されることが少なかった。彼らは、自分たちの仲間の行動を顕彰したいために、実際以上に森田の存在を大きく見せようとしているのではないか、と思っていたのである。

しかし、このような見方をただの同情論として一蹴することは難しくなった。森田に関するいくつかの重要な証言が現われてきたからである。中村彰彦は、森田必勝に焦点をあてて、事件から三十年後に『烈士と呼ばれる男――森田必勝の物語』を発表した。中村はそのなかで、ある時点で、「ここまできて三島がなにもやらなかったら、おれが三島を殺《や》る」と言っていた森田の言葉を紹介している。複数の楯の会会員から聞いた言葉である。決起を躊躇している三島を、森田が激しく突き上げようとしている情景が目に浮かぶ。中村は、「いわゆる三島事件の真相は、実は『森田事件』というべきものであった、と書いては言い過ぎであろうか」とまで言っている。期せずして、鈴木と同じ見方である。

『文藝春秋』元編集長の堤堯《つつみぎょう》の証言は、この推測を補強するものである。彼は、森田本人から同じような言葉を聞いたという。堤は、彼の友人で出版社を経営している康芳夫《こうよしお》から、「楯の会の学生長・森田がウチでアルバイトをしている。……会ってみるか」という誘いを受けて、彼と会った。時期は、昭和四十四年のことだったろうという。

森田は、あるときから三島からカネをもらうようになる。それについては、中村の『烈士と呼ばれる男』にも出てくる。額は月約十万円。当時の大学卒初任給の約三倍である。そのことを堤も知っていて、「四十五年に入ると三島さんが森田さんにカネを渡すようになりますから、やはり森田さんに会ったのは四十四年でしょう」と言っている。三島からカネをもらうようになってからはアルバイトをする必要もなくなったから、会った時期はその前だったのだろう、と記憶を整理しているのである。

会話の中で三島さんに触れるとき、彼の言葉に愛憎半ばするというか、徒ならぬものを感じました。で、私は訊いてみた。

「森田さん、貴方、エルンスト・レームになるんじゃないの？」（略）

……森田さんは面《おもて》をキッと改め、こう答えた。

「僕は絶対に三島先生を逃がしません」

（堤尭「三島由紀夫が遺した『謎の予言』」『諸君！』平成十五年二月号）

エルンスト・レームは、ナチス突撃隊隊長で、ヒトラーの政権掌握後御用済みになって、ヒトラーに抹殺された人物である。堤は、とっさに三島の戯曲『わが友ヒットラー』を連想してこのように言ったのだろう。

森田と別れたあと、康は堤にしみじみと言ったという。

「三島も大変だな、今度という今度は逃げられない。あの青年は、三島に取り付いた死神だよ」

堤も思う。

あの自決につき二人の主従関係をいうなら、三島が主で森田が従と考えられてきたが、そうではなくて森田が主で三島が従だったのではないか。

このような証言からすれば、三島事件は、森田が三島を突き上げた結果起こったものだという推測は無視し難い。否定しがたい迫真性を持っている。

しかし、どこか妙である。これらの証言から窺われる三島の姿は、一般的な三島のイメージからあまりにも遠い。決行に消極的で、森田から逃げようとする三島など想像できるだろうか。

森田は、三島に絶対的に心服していた人物である。その森田が、三島に「愛憎半ばする」感情を抱くようになるのにはよほどの理由があったはずである。「森田が主で三島が従だったのではないか」と堤は言うが、なにかよほど大きな契機がなければ、「主」と「従」の関係が逆転するような事態が生じたとは想像しにくい。

堤は、「森田さんと会ったのは四十四年でしょう」と言うが、それは昭和四十四年の国際反戦デー以降のことではなかろうか。ふたりの「主従関係」が逆転したとすれば、契機になりうるのはそのときしかないように思われる。

十月二十一日、三島が思い描いていた決起計画は挫折した。楯の会はその計画のために作られた組織だったとすれば、その日、楯の会は存在意義を失った。その後の三島の落胆ぶりはすでに見てきたとおりである。

国際反戦デーから二週間後の十一月三日には楯の会一周年記念パレードが控えていた。そのパレードの準備のために、そのころ三島は学生長である森田と会う機会が多かったと思われる。そして話題はパレードのことだけではなく、楯の会を今後どうするべきか、ということにも触れられたと思われる。

そのとき、三島と森田のあいだに何があったかは分からない。憶測することしかできない。三島が小島千加子の前でさらしたような虚脱感を、森田も、この頃、目撃したのかもしれない。そして、楯の会がもはや目的を失ったという判断が森田にも伝えられたのかもしれない。しかし森田は、三島の判断に同調できかったのではないか。むしろ、激しく反発した。それを、三島の自分たちに対する裏切りと感じた。

なぜ森田は、三島の判断を受け入れることができず、それに反発したのか。それは根本的な認識がふたりのあいだで共有されていなかったためだと、私は考える。その認識とは、「楯の会は、治安出動のときにだけ決起する組織である」という点についての認識である。それは、森田とのあいだだけではなく、楯の会の一般会員とのあいだにも共有されていなかったのではないか。

そのことを窺わせるエピソードを、中村は紹介している。中村ははっきり書いていないが、昭和四十四年十月二十一日の国際反戦デーのときのことだと思われる。


三島さんは、そうなれば（引用者注▼自衛隊が治安出動すれば）それで自衛隊が憲法のもとで認知されるから、その前に「楯の会」ないし「祖国防衛隊」を率い、自分が露払いとして出陣しようと考えた。

しかし、その考えにとらわれて一種の視野狭窄が始まっていました。周りの学生たちが何でこんなに本気で考えているのだろうと思うことがあったようです。特に新宿で機動隊にデモ学生が追われた時に、三島さんが「これじゃあ、自衛隊の治安出動がなくなった」と深刻な顔をして言うので、日学同の中央委員たちもかえって驚いたそうです。そこまでかたくなに信じていたんですね。

（座談会「三島由紀夫と安部公房」出席者：中村彰彦、沼野充義、井上ひさし、小森陽一『すばる』平成十二年十月号）

中村が治安出動を憲法改正と結びつけているのは、もちろん檄文に影響されているからである。実際には、治安出動があった場合には、憲法改正とはまったく関係のない何かを計画していたはずである。そのことは、繰り返し述べてきた。

その点はともかくとして、ここで興味深いのは、落胆している三島を不思議そうに見ている楯の会会員たちのほうである（引用者注▼中村が「日学同の中央委員」といっているのは、日学同出身の楯の会会員のことだと思われる）。治安出動の際の楯の会の決起計画について、三島と会員たちとのあいだに、核心的なところで認識に食い違いがあったことを示しているからである。「視野狭窄」という言葉が適切かどうかはともかくとして、三島にとって、治安出動があるかないかは、楯の会の決起にとって決定的な意味をもっていた。したがって、治安出動がないということが明らかになったとき、彼の落胆が深刻なのは当然である。しかし、それがどれほど決定的な重要性を持っていたのかについて、会員たちも三島と共通の理解をもっていたならば、彼らがこのように、三島の落胆ぶりを何か不思議なものを見るように見ているということはありえなかったはずである。

なぜ三島と会員たちとのあいだに共通認識がなかったのか。それは、三島がもっとも核心的な部分を会員たちに伝えていなかったからだろう。彼は、決起計画のもっとも核心にある動機を秘匿したままで、会員たちを決起へと連れ出そうとしていたのではないか。

三島にとっては、楯の会を率いて立つ決起は、治安出動のときだけ可能なものだった。しかし会員たちは、かならずしもそうは理解していなかったのではないか。彼らにとって重要なことは、尊敬する三島とともに死を賭して決起することであり、決起するときが治安出動のときでなければならないという認識は必ずしもなかった。森田も、他の会員たちも、治安出動の機会が失われたのであれば、別な機会に決起すればよいと考えていたのかもしれない。治安出動がなくなったから楯の会の存在意義がなくなったとは考えなかった。三島がこの日以後、急速に虚脱していくのを見て、森田にはそれが、三島が楯の会の活動に熱意を失ったからではないか、会員を裏切ろうとしているのではないか、と思えたのだろう。

森田にとってこのとき、三島という絶対的な英雄像が瓦解した。しかし彼は、ただ絶望しただけではなかった。いわば、三島の咽もとに匕首《あいくち》を突きつけた。三島が行動を起こさなければならないように彼を責め続けた。三島がもしそれをしないならば、森田自身が三島を殺す。そのためには、自分自身が死ぬ決意であることを前提として、三島を責めるしかない。そう決意したのだろう。それは、三島に心服し彼と一緒に決起することを夢見てきた自分自身と会員たちの夢を守るためだった。「絶対に三島先生を逃がしません」という森田の言葉の背後には、このような事情が潜んでいた、と私は推測する。

三島事件の謎のひとつは、三島はなぜ森田必勝という若者を死なせてしまったのかということである。それは、三島がいま述べたような状況に置かれて、森田を完全に統制できなくなっていたからだ、と私は解釈する。おそらく三島は森田を死なせたくはなかっただろう。彼の森田に対する統制が完全であったならば、「お前は死んではいけない」と説き伏せることはさほど難しくなかったはずである。しかし、自分の死の決意をテコにして三島を責め続ける森田のほうが「主」となっていた関係では、その説得は不可能だった。

「死神」のように追い迫る森田に対して、三島はどう対処しようとしたのだろうか。彼から逃げたかったたかもしれない。しかしそれよりも大きな問題は、森田を死なせてはいけないということだっただろう。このままでは森田は死んでしまう。絶対的な知名度をもつ指導者として、前途ある若者を死なせることはどうしても避けなければならない。森田を死なせないために三島はいくつかの方策を考えただろう。そのひとつが、森田にカネを渡すことだったと私は推測する。

堤が言うように、三島はある時期から森田にカネを渡すようになる。それは学生長という任務に伴うものとしては不自然な大金である。なぜ三島は森田に多額のカネを与えるようになったのか。森田を遠ざけようとしたかったからだ、と私は思う。奇妙な推測と思われるだろうが、そう考えるのは前例があるからである。

前例とは、前学生長持丸博の場合である。昭和四十四年八月、楯の会創設時の有力メンバーであった中辻和彦、万代潔が、三島の怒りを買い脱会した。その後、学生長持丸の立場も微妙になった。彼も、中辻、万代と同様に、『論争ジャーナル』出身者であり、運動路線に関して彼らと共通点が多かった。しかも彼はこの頃、結婚を間近に控えていて、生活と運動をどう折り合わせるかという問題も抱えていた。

そのようなとき、三島は持丸に全面的に生活の面倒を見ようと言い出した。楯の会専従になってくれたら、月五万円の生活費を出すと約束したのである。持丸はそれを拒否した。そして学生長を辞め、楯の会からも去った。

それについて持丸は、鈴木邦男に次のように語っている。「精神的に負担だったんです。カネまで保障されて生活を縛られる気がした。三島のことはもちろん尊敬していた。一緒に死んでもいいとも思った。でも、月給で束縛された〈日常生活〉が続くのは堪らないと思った」（鈴木邦男「夕刻のコペルニクス」『スパ！』平成十二年三月十五日号）。

三島は、持丸の反応を見越していたのではないか。もはや、持丸と行動を共にすることは不可能だろう。持丸の金銭的潔癖さを予想して、持丸を会から去らせるために、そのような申し出をしたのではないかと、私は推測する。

代わって学生長になった森田に対しても、いつからかカネを渡すようになる。おそらく、学生長になったからカネを渡したわけではない。学生長になった時期と三島がカネを渡すようになる時期とのあいだにはズレがある。堤が言っているように、森田は学生長になってからもしばらくは、アルバイトをしなければならない生活をしていた。三島が森田に活動費として渡した額は十万円。持丸に提示した倍である。それ以後、貧乏学生だった森田はにわかに気前がよくなる。

よく行っていた小林荘（引用者注▼森田のアパート）近くの食堂「三枝《みえ》」、新宿西口の小便横丁の焼鳥屋や十円寿司のほか、やはり近所のスナック「パークサイド」にはサントリーの角瓶やオールドのボトルをキープ。祖国防衛隊（引用者注▼三島は楯の会を作る前に同名の組織を構想していたが、それとは別の、森田が彼に近い数人の楯の会会員と作った組織）のメンバーをはじめ、小賀正義やこのころから近しくなった古賀浩靖にも奢ってやるようになり、いつもフィルターぎりぎりのところまで喫っていた八十円のハイライトも、百円のセブンスターに切り換えた。

（中村彰彦『烈士と呼ばれる男』）

持丸には有効だった方法が、森田には通用しなかった。彼は、何のこだわりもなく、あっけらかんとカネを受け取った。そして、三島を責め続けた。三島は、森田が「カネで自分を縛ろうとする三島など許せない」と激怒して、会を去ることを期待したのではなかろうか。

ともかく、三島は、森田を彼のもとから去らせることはできなかった。そして結局は、彼を死なせてしまった。三島には慙愧の思いがあったにちがいない。森田を生き延びさせようとする試みが失敗した以上は、彼の壮絶な決意を称えることしかできなかった。

小賀正義にあてた「命令書」で、三島は次のように言っている。

　森田必勝の自刃は自ら進んで楯の会全会員および現下日本の憂国の志を抱く青年層を代表して、身自ら範をたれて青年の心意気を示さんとする鬼神を哭《な》かしむる凛冽《りんれつ》の行為である。三島はともあれ森田の精神を後世に向かつて恢弘せよ。

実は、中辻、万代の脱会にもカネが関係している。彼らの発行していた『論争ジャーナル』が、右翼の田中清玄から資金援助を受けていたことが明らかになり、そのことが三島の怒りに触れ、三島は彼らとの絶縁を宣言した。しかし、三島と彼らとのあいだには、それ以前に運動方針をめぐって齟齬が生じていた。三島は彼らに楯の会の活動のみに集中するように期待していた。それに対して、中辻らは、幅広い保守的な読者層の支持を得ながら、自分たちの運動を大局的な視点から進めたいと考えていた。彼らにしてみれば、思想的に近い田中清玄から資金援助を受けることになんの後ろめたさも感じなかっただろう。彼らが金銭的にルーズであったと非難することは筋違いである。

この脱会劇は、三島の金銭的な潔癖さを印象づける。しかし、三島が中辻らを切り捨てる口実として、カネの問題を利用したのではなかろうか。彼は、カネで人間を操作できることを熟知していた。しかし、普通とは逆の方法によってである。カネを与えて相手を自分の思いどおりにさせるのではなく、自分自身が金銭に潔癖である態度を示すことによって、あるいは持丸の場合のように、相手の潔癖さを予想しそれを利用することで、人心を操作した。金銭的潔癖さを示せば、ひとは賞賛こそすれ批判はしない。それは三島にとって、問題を処理するための便利な方法だった。

また、すでに見たように、祖国防衛隊構想を壊して、楯の会の母体を作ろうとしたときも、桜田武が札束を示して三島を門前払いした、というフィクションを作りあげた。そして、自分の望みどおりの展望を切り開くことができた。

彼は、「運動のモラルは金に帰着する」（「楯の会」のこと）と言っているが、その言葉には、カネに関連した意図的な人心操作も含まれていたと思われる。

昭和四十四年十月二十一日に決起計画が崩壊して以後、三島の胸中にあった関心事は何だったろうか。自分自身の落胆を別にすれば、存在意義を失った楯の会という組織をどうするかという問題だったと思われる。言い換えれば、会員である若者たちに対してどう責任をとるか、という問題である。

日本の非常時に偉大な作家三島とともに決起するという、あまりにも大きくて危険な夢を、三島は彼らに与えてしまった。森田の怒りは彼だけのものではない。森田の背後に、楯の会会員全員の失望を、三島は感じたはずである。このままでは、森田だけではなく会員全員が、三島に裏切られたという思いを抱き続けるだろう。

どうするか。楯の会に新たな存在理由を与えて決起し、彼らにしかるべき満足を与えたうえで、楯の会を解散させ、彼らにそれぞれの新しい人生を切り開かせる。そうすることでようやく会員に対する責任が果たせる。そう三島は考えたのではなかろうか。その方針の行き着いた結果が、三島事件だったと私は考える。それは、三島のための決起ではなく、楯の会のための決起である。

楯の会のような組織を作るきっかけとなったのは、たびたび触れているように、万代潔との出会いである。その出会いのときからすでに三島は青年に対する責任を自覚していた。しかも「無限定な」責任である。

前述のとおり、昭和四十一年十二月、万代が林房雄の紹介状をもって三島を訪ねてきた。おそらく三島はこのとき、おぼろげながらも将来の楯の会の構想を抱いたと思われる。しかし同時にそのことが、青年たちに対して途方も無い責任を負うことになることを自覚していた。

考へてみると、私は青年を忌避しつつ、ひたすら本当の青年の出現を待つてゐたのかもしれない。そして青年を忌避するといふ私の気持の裏には、生得の文学青年ぎらひもさることながら、青年に関はることの不安と恐怖がわだかまつてゐたのかもしれない。なぜなら、青年に関はることは、ただちに年長者の責任を意味するからである。極端なことを言へば、城山におけ

る西郷の覚悟を意味するからである。(略)

無限定のものに対して責任を負ふほど怖ろしいことがこの世にあらうか。しかるに青年の本質こそ無限定なのである。(「青年について」)

楯の会関連の資料のなかで、憲法改正問題が最初に現れるのは、昭和四十四年十月三十一日の班長会議での森田の発言においてである。国際反戦デーからわずか十日後である。三島は、楯の会の班長たちを自宅に呼んで、彼らにこう尋ねた。

「10・21国際反戦デーも不発に終わり過激派学生に対する治安活動もなくなった、楯の会はどうすべきか」(以下の引用は、『決定版三島由紀夫全集』第四十二巻「年譜」、および伊達宗克『裁判記録「三島由紀夫事件」』による)

会の基本方針について、三島が会員に意見を求めることは異例のことだっただろう。それまでは、三島の命令が絶対であり、会員が会の方針について云々することはなかったと思われる。「三島のためではなく、楯の会のため」への方向転換を示唆する問いかけである。これに森田が答える。

「楯の会と自衛隊で国会を包囲し憲法改正を発議させたらどうか」。

先に私が推測したとおりだとすれば、このころ森田の心のなかでは三島の英雄像が瓦解していた。彼は、三島が楯の会の活動に意欲を失いかけていると疑っていた。三島を会に引きつけておくために、彼は積極的に発言してこの会議を主導しようとしているようにも見える。その提案を三島は、

「武器の問題のほか、国会の会期中は難しい」として却下する。

しかしその年の十二月二十四日、三島は楯の会のなかに「憲法研究会」を設置し、憲法改正案の作成を命じた。楯の会が憲法改正のため決起するという方向に舵を切るきっかけを作ったのは、森田だったと言えるかもしれない。しかし、このあたりの事情についてはあまりにも資料が乏しく、断定することはできない。ともあれ、森田の「国会包囲」案は非現実的として却下されながらも、楯の会が憲法改正を掲げて決起する方針はここに定まった。

前述したように、三島は憲法研究会設置を命令したときの訓示で、「憲法改正の緊急性を思うため、楯の会としても、独自の改正案を作成する。このため直ちに準備に入るよう」と指示している。なぜ「憲法改正の緊急性」と言うのだろうか。「緊急性」とは、楯の会という組織の存続にとっての「緊急性」であろう。そのとき、一〇・二一以降、方向性を失った楯の会に新しい方向を与えるための拠りどころとして、憲法改正問題が急遽浮上してきた。

誰が最初の憲法改正の発議者なのかということは重要な問題であるが、それ以上に重要なことは、憲法改正というテーマが、ほとんどの楯の会会員が支持できるテーマだったということだろう。それゆえに三島は、憲法改正を楯の会のための新たな目標として設定したのではなかろうか。楯の会会員たちに対する責任を果すためには、会員たち自身が十分に納得できる思想に基づいて決起しなければならない。そのための格好のテーマが憲法改正問題だった、と私は考える。

楯の会会員の多くは、日学同や全国学協という民族派学生組織の出身者である。それらの組織はいずれも憲法改正の実現を大きな運動の柱としていた。憲法改正は、三島自身の思想ではない。それは存在意義を失った楯の会に対して、会員たちを満足させる新しい存在意義を与えるために考え出されたものであろう。

「憲法研究会」の班長になったのは阿部勉である。三島から直接指名された。阿部も日学同の出身者である。メンバーは会員有志十三名で、そのなかには、のちに自衛隊乱入に参加する小賀正義、古賀浩靖も含まれていた。

私は一度だけ、阿部に会って話を聞く機会をもったことがある。そのとき私は彼に次のように訊いた。「憲法研究会設置以前に、三島は楯の会の内部で、憲法改正に触れた発言をしたことがあったか」。阿部の答えは曖昧だった。「そういえばあまり無かったかもしれないが、よく覚えていない」。会員たちのあいだでは、三島は自分たちと同じ思想的立場に立っているから、彼も憲法改正論者だという思い込みがあったのではなかろうか。その思い込みのために、憲法改正問題を取り上げることが三島にとっては大きな変化だったということに、彼らは気がつかなかったのかもしれない。

憲法改正案を作成するための討議は、毎週水曜日午後六時から三時間行われた。三島は、集中的な討議によって一気に改正案を作らせたかったのだろう。しかし討議は遅々として進まなかった。そしていわゆる三島事件が起こったときにも改正案は完成されていなかった。事件直後数回の研究会は、「会員がことごとく寡黙すぎて」（阿部）討議の体を成さなかった。そして事件から三カ月後の翌年二月、ようやくすべての討議が終わった。討議の内容はテープに録音され、さらに四百字詰原稿用紙二百枚程度にまとめられた。その原稿は阿部が保管した。彼はいつかそれが公表される時期が来ることを期待していたようである。

しかし、その機会が訪れないまま彼は病に倒れ、平成十一（一九九九）年、世を去った。彼は病に倒れたとき、原稿を会員の本多（旧姓倉持）清に託した。

その原稿が、阿部の死から四年後に公表された。元毎日新聞記者松藤竹二郎が、本多のもとにこの原稿があることを知り、彼の承諾を得て公表したのである。彼は、『血滾ル《ちたぎ》三島由紀夫「憲法改正」』、『日本改正案　三島由紀夫と楯の会』、『三島由紀夫「残された手帳」』などでそれを紹介している。

公表された討議記録を読んで印象的なのは、三島と「憲法研究会」との距離感である。彼は、研究会の討議に間接的にしか関わろうとしていない。彼は、討議のための「たたき台」として三つの「問題提起」を執筆した。第一問題提起が「新憲法に於ける〈日本〉の欠落」、第二問題提起が「『戦争の放棄』について」、第三問題提起が「『非常事態法』について」である。それらの問題提起について、研究会に出席して説明しているが、それを踏まえてどのような改正案を作成するかは研究会に任せている。研究会にときおり出席し、出席したときには意見を求められるときもあるが、自分の意見で議論を方向づけようとはしていない。

ある問題に関して、ふたつの案について議論が紛糾したとき、出席していた三島に班長の阿部が尋ねる場面がある。

阿部　先生はどちらの案がいいとお思いですか。

三島　俺には発言権はないいんじゃないのか（笑）。

そういう約束だったんじゃないのか（笑）。

まあ、どちらかといえば、A案がしっくりくるなあ。（『三島由紀夫「残された手帳」』）

討議の内容には干渉しないという「約束」があった、というのである。

阿部は、私に次のようなエピソードを紹介してくれた。改正案の第一章第一条は、曲折した議論を経てようやく、「天皇は国体である」という表現にまとまった。会議のあとでこれを三島に見せると、彼は「これは日本語か！」と言って、大笑いしたという。それでも、「天皇は国体である」という言葉は、そのまま改正案として残された。三島は、改正案に日本語としての不自然さがあっても、それを訂正することさえ求めなかったのである。

「憲法研究会」が作成した憲法改正案は、三島の思想を表明したものではなく、楯の会の思想を表明したものと判断するべきであろう。そもそも、彼自身が憲法改正案を作りたかったならば、自分で改正案を作ればよかったのである。その気になれば、それは彼にとってさほど困難な作業ではなかっただろう。それをせずに、あえて会員に改正案を作らせたということに、重要な意味がある。

三島事件が起きたときには、憲法改正案はまだ完成されていなかった。したがって、それが事件とどう関係するかは議論されることがなかった。しかし三島は、楯の会が作成した改正案を提示し、楯の会の決起として、事件を起こしたかったのではないか。研究会メンバーでもあった本多清は、松藤に対して「討議するなかで、参加している三島が、しばしば頭を抱え込む姿が、現在も忘れられない」と述べている（『日本改正案　三島由紀夫と楯の会』）。

三島は、遅々として進まない討議の様子に焦りを深めていた。そして彼の計画した事件の日時には間に合わないと考え、改正案を伴わないまま、見切り発車せずをえなかったのだろう。本来は、楯の会の作成した憲法改正案を提示し、彼自身が楯の会の意思に沿った演説をし、その総意に殉じて切腹をするという方向を想定していたのだと思う。

先に引用した「青年について」という文章のなかで、三島が西郷隆盛に言及しているのは示唆的である。西郷は、彼に私淑する若者たちの明治政府に対する反乱に加わり、戦いに敗れて自決した。しかし、その反乱は西郷の思想を体現したものではなかった。それは私学生の暴発としかいえない事件をきっかけにして起こった。西郷は、自らの思想のためではなく、自分に心酔する若者たちへの責任のために、最期まで彼らと行動を共にしたのである。

三島も、自分自身の夢が破れたとき、彼に心酔する若者たちのために、つまり自分の思想のためではなく若者たちの思想のために、自らの命を捨てることで、彼らへの責任を果そうとした。ちがうところは、西郷が若者たちの選んだ筋書きに従って自決したのに対して、三島は、若者たちのために、彼らを満足させるための筋書きを用意して、それに従って自決しようとしたことである。

しかし、楯の会の方向転換は容易ではなかった。それはなによりも、社会情勢が変わったためである。昭和四十四年十月二十一日以後、警察力は強化され、政治的高揚感も急速に沈静化した。それでも三島は、楯の会決起の可能性を懸命に探った。攻撃目標が自衛隊に定められたのは、ようやく昭和四十五年六月頃になってである。そこに到るまで半年間の三島の行動は、山本舜勝の『憂悶の祖国防衛賦』によって知るしかない。

それによれば、昭和四十四年十一月二十八日、三島は山本を自宅に招いて、「最終的計画案の討議をしたい」と切り出す。山本は「それまでやってきた『楯の会』の訓練をさらに体系化し、長期的構想の下にこれを推進する」という、抽象的な案を提示する。山本にしてみれば、治安状態は急速に沈静化の方向を示しており、この段階では短期決戦的な行動はとるべきではない、と認識したためである。この提案に対して、三島は「黙ったまま聞いていたが、目を輝かすことも、頷くことすらなく、その反応は実に冷たいものであった」。

さらに昭和四十五年一月下旬、また三島は山本を自宅に招く。韓国陸軍の元将校に引き合わせたいとの理由だった。歓談してその韓国人が帰ったあと、三島はいきなり、山本の目を見据えて「やりますか！」と言う。山本はとっさに「やるなら、私を斬ってからにしてください！」と答える。

そして三月末、三島は日本刀を持って山本宅を訪問する。二カ月前の山本の言葉を記憶していて、日本刀を突きつけて、山本に決断を迫ろうとしたのだろう。山本夫人が機転を利かせて、その刀を山本のうしろのピアノの上に移したために、緊迫した事態には至らなかった。三島は帰り際に、「山本一佐は冷たいですな……」と言い残す。

山本の記述からは、なにか重苦しい切迫感に突き動かされている三島の姿が想像される。しかし、三島がこの時期どんな計画を抱いていたのかはまったく分からない。不可解な半年間である。「最終的計画案」といわれるものについて、三島がある程度の腹案を持っていたのか、それともほとんど白紙の状態で山本との接触をしたのか、そのへんのことはまったく不明である。

はっきりしたことは分からないが、森田に決起を迫られ、また会員に対する責任を果そうとして、三島は懸命に楯の会の新しい決起計画を作ろうとしていたのだろう。それにあたって頼りになるのは、すでに関係が疎遠になりかけていたが、山本しかいなかった。彼と連携することでなんとか決起計画を作ろうとした。

結局、山本との数回に及ぶ会談は不首尾に終る。「山本一佐は冷たいですな」と言って、山本宅を去った三月末に、三島と山本との関係は最終的に断ち切られた。そして三島は再度の方向転換を余儀なくさせられる。つまり自衛隊の一部をあてにせず、楯の会単独で行動を起さなければならないという決意をする。それと同時に、楯の会全員を参加させる決起はもはや不可能であり、一部の会員だけを率いて決起するしかない、という決意もこの頃にしたと思われる。

ここでどうしても触れておかなければならない問題がある。それは、山本は三島を裏切ったのか、という問題である。山本に対して、彼は三島を政治的行動の世界に誘い込みながら、重大な局面で三島を見捨てた、つまり二階に上らせておきながら梯子をはずした、という批判がある。三島の父平岡梓はそのように見て、山本を痛烈に批判している。

ときあたかも伜は楯の会の件で、今なお健在で巧妙に時めく自衛隊の某ジェネラルに裏切られ、挫折感に打ちひしがれている最中のようでした。伜は二・二六事件の歴史も知っているはずなのに、こんな事件にはかならずつきものの、自己の保身出世に汲々たるジェネラルの土壇場での裏切り転身を、なぜ気づかなかったのでしょう。

（平岡梓『伜・三島由紀夫』）

持丸博も類似の解釈をしている。彼は、三島事件から三年後、山本を訪ねて次のように問い詰めている。「山本さん。いい悪いは別にして、三島先生があのような事件を起こしたのは、あなたに刺激されたせいかもしれませんよ」（安藤武『三島由紀夫「日録」』）。

しかし、このような見方には根本的な誤解がある、と私は考える。二人の断絶を、「裏切り」というような観点から見るべきではない。それは、治安出動というものがもっていた意味が二人にとってはまったく違っていたからである。三島にとっては、それは自分が念願とする決起を行うための千載一遇のチャンスだった。一方、現役自衛官であった山本にとっては、それはあくまでも、非常の場合の備えとして対処しなければならない問題であって、それが現実のものにならなければそれに越したことはなかった。三島は、その機会が失われたことに失望した。しかし山本は、危機が去ったことに安堵したはずである。

山本はそれらの批判に対していっさい弁明していない。そして、少なくとも結果的には、自分が三島を裏切ったという負い目を持ち続けた。

唐突なようであるが、私は山本から、菊池寛の『藤十郎の恋』を連想する。藤十郎は、人妻との恋に落ちるという芝居の役作りのために、お梶という人妻を利用する。彼は彼女に言い寄り、自分の恋の言葉が本心からのものであるように思わせることに成功する。その成功によって、演技の核心を会得することができた。しかし、お梶のほうは、のちに、藤十郎の演技のために利用されたことを知り、自害する。

三島も、山本の前でたびたび迫真の演技を繰り広げ、山本はその都度、「これは本気だ」と思わせられた。そして、それらの演技の結果、のちに触れる皇居突入計画の実行寸前にまで追い詰められた。山本は戦時中、いわゆるスパイ養成学校といわれる陸軍中野学校の教官を勤めていた。そのこともあって彼は、特別の目で見られるかもしれない。しかし、中野学校のモットーは、「誠」である。私は、山本は誠実な人であったと信じている。

昭和四十五年三月末、三島は山本との関係を断ち、楯の会単独での決起へと方針を転換させた。その新しい方針がはっきりと示されたのは六月十三日である。それは、突入対象を自衛隊に定め、しかも決起参加者は楯の会全員ではなくごく一部とするものであった。

彼は、のちに自衛隊に乱入することになる会員、つまり森田のほか、小賀正義と小川正洋（古賀浩靖は、八月になってメンバーに加えられることになる）にだけこの計画を披瀝している。

それは次のようなものである。

「自衛隊は期待できないから自分達だけで実行する、その方法として、自衛隊の弾薬庫を占拠して武器を確保するとともに、これを爆破させると脅かすか、あるいは東部方面総監を拘束して人質とするかして、自衛隊員を集合させ、自分たちの主張を訴え、決起する者があれば、ともに国会を占拠して憲法改正を議決させる」。

それに対して、森田、小賀、小川から「弾薬庫を占拠するにもその所在が明らかでなく、両案をともに行なうと兵力が分散するから困難であるとの意見が出、結局、総監を拘束する方策をとる」こととなる。三島は、実行困難な案と実行可能性のある案をふたつ提起して、後者を採用させるように誘導しているように見える。

さらに三島は、その「総監拘束案」を実行する具体的方法を提案する。それは「十一月の楯の会二周年記念パレードを制服で行ない、これを総監に観閲してもらい」、そのときに総監を拘束する、というものである。パレードの予定会場は、市ヶ谷基地内のヘリポートである。三島は、自衛隊と折衝して、楯の会の訓練場所を、従来の国立劇場屋上からこの場所に移していた。

ここで奇妙なことがある。三島は昭和四十四年十月の班長会議で、森田の提案を「武器の問題のほか、国会の会期中はむずかしい」として拒否したはずである。ところが、不思議なことながら、この提案は、条件つきながら森田提案を含んでいる。自衛隊の一部と「国会を占拠して憲法改正を議決させる」という部分である。さらに奇妙なのは、この一カ月前つまり五月中旬、自宅において、森田必勝、小賀正義、小川正洋に対し、「楯の会と自衛隊がともに武装蜂起して国会に入り、憲法改正を訴える方法が最も良い旨を語」ったとされている。森田案の完全復活である。

いったん拒否した案をほぼ半年もの期間を置いて採用していることも奇妙であるが、その案とはまったく違う方向に進もうと決意したと思われるときになってその案を採用しているのは、それ以上に奇妙である。

おそらく森田の主張が強硬で、三島は森田案を無視できなかったのだろう。森田案は非現実的だった。しかし、半年間の山本との接触によっても、森田案に代わる決起計画を策定することはできなかった。そこで三島は次のような方法を選んだ。とりあえず、森田の提案を出発点として認める。そしてそれを徐々に切り崩しながら、現実的で可能な方向に誘導する。

状況は変わるが、「自衛隊員を集合させ、自分たちの主張を訴え、自衛隊員にともに決起することを呼びかける」という方針はその後も継続された。そして三島事件においても、三島はそのような演説をした。自衛隊のなかに訴えに応えて立ち上がる隊員がいることを三島は本当に期待していたのかどうかは、よく問題にされる点である。三島は、期待していなかったと思われる。のちにメンバーに加わる古賀浩靖に対して、三島は「自衛隊員中に行動を共にするものはでないだろう」と語っている。

これ以後も、計画は二転三転する。

六月十三日の案は、はやくも二十一日には修正を余儀なくされる。「市ヶ谷基地内の二周年記念のパレード予定地は総監室から遠い」ので、拘束の対象を総監ではなく三十二連隊長に変更した。七月五日、その案が具体的に詰められた。「(楯の会会員が)市ヶ谷駐屯地のヘリポートで訓練中に、三島が小賀の運転する乗用車に日本刀を積んで、三十二連隊長室に赴き、連隊長を監禁する」。しかし十一月二十一日、つまり決行予定のわずか四日前になって、急遽計画が変更された。当日は連隊長が不在であることが明らかになり、拘束の対象をまた東部方面総監に変更した。

このように曲折した経緯をたどって、あの自衛隊乱入事件は起こった。

最終的には、その決起は、一部の会員のみを参加させたものとなった。そのことが、残された会員たちに激しい衝撃を与えた。三島に「見捨てられた」と思ったのである。

たとえば、阿部勉がそうである。阿部は三島事件後、鈴木邦男らとともに新右翼団体一水会を結成し、副会長となった。そして前述のように、平成十一(一九九九)年五十三歳の若さで亡くなった。阿部と同じく一水会会員であった作家の見沢知廉《みさわちれん》は、阿部の死後まもなく次のように述べた。

つい先日、元楯の会班長が五十歳そこその若さで死去しました。彼は、三島事件以来酒漬りの日々を送り、酔うと、必ず、三島さんと一緒に死ねず置いていかれた事に泪を流すのです。だから彼は、その大量のアルコールで確信的に自らの躰を自殺的に苛《いじ》め壊し、そうすることで遂にやっと、三島さんの居る所へ参ずる事ができたのでしょう――。

（「著名人一〇〇人アンケート・あのとき、何を。今は……」『諸君！』平成十一年十二月号）

阿部と同じように、「見捨てられた」と失望し、その失望が契機となって、事件を起こした楯の会会員もいる。経団連事件を起こした伊藤好雄と西尾俊一である。

昭和五十二（一九七七）年三月三日、新右翼の指導者野村秋介と伊藤、西尾、それに元大東塾塾生の森田忠明の四名が、「財界の営利至上主義を許すな」と訴えて、経団連会館を襲い、職員を人質にして立てこもった。西尾が事件の発案者、伊藤が隊長である。野村は若い二人をむしろサポートする立場で参加した。

伊藤がこの事件にどのような思いで参加したのか。それについて、鈴木邦男の言葉を引用しよう。

'70年の三島事件のことは、「昨日のようです。今でも忘れられない」と（伊藤は）言う。三島は森田必勝、小賀正義、古賀浩靖、小川正洋の四人だけを連れて市ヶ谷の自衛隊に向かった。〈取り残された。三島先生に裏切られた〉と思った。事件の半年前に、「日本をどうしたらいいか。具体策を言ってみろ」と三島に言われた。思いは胸にあふれていたが、うまく言えなかった。あれが〈テスト〉だったんだと思った。悔やんだが後の祭りだ。腑抜けのようになった。

事件の後、就職も結婚もしなかった。落ち着いたらもう二度と決起はできないと思った。西尾俊一と同居し、バイトしながら時を待った。楯の会全員による決起が無理ならば2人だけでもやろうと思った。7年後、その時は来た。'77年3月3日、経団連を襲うことになった。決起メンバーは伊藤、西尾の他、野村秋介、森田忠明の四人だ。野村さんに〈三島〉を見たのだろうか。少なくとも伊藤、西尾の2人にとってこれは第二の「三島事件」だった。〈三島先生に続こう。ここで死のう〉と思った。伊藤好雄、31歳の春だった。

（「夕刻のコペルニクス」『週刊SPA！』平成十三年二月二十一日号）

最終的には、四人は結局三島夫人・瑤子さんの説得に応じて投降した。結末も三島事件の影を残した事件だった。

残された会員たちが、「裏切られた」という思いを抱くだろうことは、三島も十分予想していた。会員にあてた遺書のなかで、三島は切々と訴えている。

時利あらず、われわれが、われわれの思想のために、全員あげて行動する機会は失はれた。日本はみかけの安定の下に、一日一日、魂のとりかへしのつかぬ癌症状をあらはしてゐるのに、手をこまぬいてゐなければならなかつた。もつともわれわれの行動が必要なときに、状況はわれわれに味方しなかつたのである。

このやむかたない痛憤を、少数者の行動を以て代表しようとしたとき、犠牲を最小限に止めるためには、諸君に何も知らせぬ、といふ方法しか残されてゐなかつた。私は決して諸君を裏切つたのではない。楯の会はここに終り、解散したが、成長する諸君の未来に、この少数者の理想が少しでも結実してゆくことを信ぜずして、どうしてこのやうな行動がとれたであらうか？　そこをよく考へてほしい。

この遺書は、三島事件のあった当日の夜、瑤子夫人から楯の会会員本多清に手渡されたものである。これは楯の会全員にあてた遺書であるが、そのほかに本多個人にあてた遺書も手渡された。本多は楯の会の第二班長だった。第一班長が、三島と共に自決した森田必勝である。楯の会のなかで彼が森田に次ぐ立場にあったために、遺書を託されることになったと思われる。

会員全員にあてた遺書は、事件直後の通夜の席で会員のあいだで回し読みされた。そして本多は、事件から三十年後の平成十二(二〇〇〇)年一月にようやく、それを公表した。

一部の会員のみを率いて行動を起こし、他の会員たちにはそのことについて何も知らせなかった事情は、遺書にあるとおりであろう。少しでもその計画を他の会員たちに漏らしたならば、その計画は瓦解する可能性が大きかったと思われる。秘密裡に計画を練らなければならなかったにちがいない。

それにしても、「私は決して諸君を裏切つたのではない」という三島の叫びが、会員たちに十分に届かなかったのは悲痛である。三島にそう言われても、彼らは慰められることなく、「裏切られた」と思い続けた。それだけ、三島と共に決起するという夢が大きかったということであろう。

三島事件と一般的には言われるが、三島自身は自分のためよりも、楯の会会員のために行動を起こした。しかし結果的には、その目論見は十分には達成されなかった。そのひとつの大きな要因は、前述したように、決起のときまでに憲法改正案が完成されていなかったことである。完成された改正案を示して決起がなされたならば、それは楯の会の総意を表明したものとして、事件はかなりちがう受け止め方をされただろう。

それ以外にも、計画されていたが実行されなかったことがいくつかある。それについては、三島の、会員に対するこまやかな配慮がうかがえる。

そのひとつは、事件に参加した会員による、各自五分間の「名乗り」である。総監を捕縛したあとで、自衛隊側に突きつけた要求書のなかにそれは含まれていた。三島の演説のあとでそれは行われるはずだった。そこで彼らは、事件にかける自分の思いを表明できただろう。しかしそれは実行されなかった。おそらく、三島の演説そのものが、自衛官たちのヤジにかき消されたので、「名乗り」を上げても到底聞いてもらえない、と判断したのだろう。もし実現していれば、この事件が、三島だけのものではなく、会員たちのものでもあるという印象が少しは強まったと思われる。

「要求書」のなかに含まれていたが、実行されなかったことがもうひとつある。事件の日に、同じ敷地内の市ヶ谷会館に三十名ほどの会員が、三島の命令によって集合させられていた。彼らは、入会して日の浅い四期、五期の会員たちで、例会という名目で集められていた。「要求書」は、彼らを、三島が演説するバルコニー前の中庭に移動させることを要求していた。しかし、この要求は実行されなかった。事件が発生して間もなく、市ヶ谷会館も警察の管理下に置かれた。警察は、彼らを中庭に移動させたならば、不穏な事態に発展するかもしれないと恐れたのだろう。彼らの移動は許されず、彼らは事件が終わるまで会館内に留め置かれた。

三島は、なぜ四期、五期の会員だけを事件の現場に参集させようとしたのだろうか。手がかりは、会員への遺書のなかにある。遺書の冒頭で、入会して間もない会員も創設当初からの会員と同じく重要な同志である、と言っている。

諸君の中には創立当初から終始一貫行動を共にしてくれた者も、僅々九ヶ月の附合の若い五期生もゐる。しかし私の気持ちとしては、経験の深浅にかかはらず、一身同体の同志として、年齢の差を超えて、同じ理想に邁進してきたつもりである。

新しい会員たちによって、楯の会全体を代表させせようとしたのだろう。もし、古くからの会員だけを参集させようとしたならば、それ以外の会員は、三島は彼らだけを特別視していると考えて、事件からの疎外感を味わったかもしれない。

それに対して、新しい会員を参集させれば、若い会員でも重要な楯の会会員であり、それ以外の会員は無論そうだ、という印象を与えることができる。三島はそう考えたのではないか。できるならば、会員全員を事件の場に参集させたい。しかしそれは到底かなわない。ならば、新しい会員たちに会全体を代表させよう。そして、事件の直接の参加者は三島と四名の会員だけであるが、間接的ながら、この事件は楯の会全体が関わった事件なのだということを、会員たちにも、一般に対しても、印象づけたかったのではないか。

遺書は、楯の会の解散についても触れている。

実は事件後、会員たちのあいだで、楯の会を解散させるべきか継続させるべきかについて熱い議論が交わされたという（保坂正康『三島由紀夫と楯の会事件』）。しかし結局、昭和四十六年二月二十八日、「解散宣言」がなされた。本多清が報道陣の前で読み上げた「解散宣言」によれば、楯の会は、事件の日、つまり「昭和四十五年十一月二十五日をもって」解散した。そのときはまだ公表されていなかった遺書のなかの三島の言葉が決定的な意味をもったと想像される。逆に言えば、遺書で三島が解散を明記しなかったならば、楯の会はその後も継続されたかもしれない。楯の会を解散すべし、というのが三島の最後の命令だった。会員に対して責任を果たしたのちに会を解散させることは、三島の明確な意思だった。

三島は、会員たちのために懸命に責任を果たそうとした。そして事件後の会員たちの人生を気遣っている。彼らが「就職し、結婚し、汪洋たる人生の波を抜手を切って進」む（「倉持清への遺書」）ことを期待していた。

しかし、阿部勉や伊藤好雄など会員の多くは、いつまでも事件の痕を引きずり、「なぜ置いていかれたのか……」と苦悩し続けた。三島の期待どおりにはいかなかったのである。

なぜだろうか。先に私は、昭和四十四年十月二十一日を転機に、森田必勝の三島に対する絶対的な信頼が崩れた、と言った。そしてそれは、自衛隊の治安出動があったとき、楯の会が何をする計画だったのか、そしてそれがなぜ不可能になったのかについて、三島から彼に対する十分な説明がなかったからだろうと推測した。事件後に取り残された会員たちの悲嘆にも、同様の事情が潜んでいたのではないか。

本来の三島の計画では、会員たちが三島と共に決起するのは、治安出動があったときだけだった。そしてそのときに向けて、三島は会員たちの士気を高揚させることに成功し、彼らは三島と生死を共にする決意を固めていた。しかし、なぜ治安出動のときでなければならないのかについては、三島と会員たちのあいだには齟齬があった。三島は治安出動のときにしかできないことを計画していた。しかし、会員たちには、なぜ治安出動のときだけにそれが可能なのか、十分に理解されていなかった。したがって、三島とともに立つという期待を昭和四十四年十月二十一日以後も持ち続けた。

治安出動がなくなったとき、本来の計画が水泡に帰したことについて、会員に対して十分な説明がなされなかったのだろう。その説明があったならば、そしてそれにある程度納得できたならば、彼らはもう少し状況を違って受け止めることができただろう。

おそらく三島にとっては、それは不可能に終わった以上は、口外できない性格のものだったのだろう。結局、治安出動があったときに繰り広げられる自己劇化のクライマックスは、三島一人の胸のなかに秘されたままだった。

第六章　本来の計画は皇居突入だった

自衛隊の治安出動があったとき、そのときこそ三島は、念願としていた決起を実行するつもりだった。その決起計画が何だったのかが、三島の行動の世界における最大の謎である。この章でいよいよその謎に迫りたい。

治安出動があったとき三島は何をしようとしていたのか。友人の村松剛によれば、三島は彼に次のように語ったという。語った時期は、内容から判断して昭和四十四年の初め頃だと思われる。

昭和四十三年には学生の騒ぎがますます激しさの度を加え、十月二十一日の騒動では暴力学生が新宿駅を数時間にわたって占領した。安田講堂をめぐる茶番劇じみた「攻防戦」は、翌年の一月に起こる。

そういうなかで三島は、騒動が内乱へと拡がることを期待し、またその可能性を殆ど信じてもいた。内乱になれば、自衛隊の治安出動は避けられない。
——内乱状態の発生と治安出動とのあいだには、時間的な隙間があるんだよ、
と彼はいった。
——自衛隊が出て来るまでのその隙間が、楯の会の出番なのさ。
そのことと三島が念願としていた憲法の改正とが、どのようにつながるのかの説明はなかった。
三島以下、「楯の会」が斬り込んで内乱を拡大し、実質的な戒厳令下に日本をみちびけば、憲法改正の機会はおのずから訪れると考えていたのであろう。(村松剛『三島由紀夫の世界』)
また別のところでは、もう少し詳しく述べている。やはり、ほぼ同じ時期の三島の発言に基づいたものである。

三島氏は、自衛隊の治安出動の呼び水となって斬死にすることを、夢みはじめたのである。騒動が激化して警察の手にあまるようになった場合、当然次は自衛隊ということになるだろう。しかし自衛隊の出動は重大な問題だから、決定は容易には下せないはずであり、したがって出動のまえにある空白の時間が想定される、と氏は説明した。そのときに飛び込んで行って、斬死にするのだといって、わっはっはと笑う。

つまり呼び水である。斬死にしてもしなくても、ことを起こした以上、責任をとって氏は切腹するつもりでいたらしい。「しかし死ぬのは、おれひとり」氏はぼくにはそういっていた。

（村松剛『三島由紀夫——その生と死』）

楯の会の出動と「三島が念願としていた憲法の改正とが、どのようにつながるのかの説明はなかった」と言われているが、説明がなかった理由は明白であろう。これまで述べてきたように、昭和四十四年の初め頃、三島はまだ、憲法改正のための決起などということをまったく考えていなかった。したがって、「三島以下、『楯の会』が斬り込んで内乱を拡大し、実質的な戒厳令下に日本をみちびけば、憲法改正の機会はおのずから訪れる」というのは、村松の憶測にすぎない。あきらかに檄文を念頭においての憶測である。

その点を除いて考えれば、三島が治安出動のときに行おうとしていた計画とは、次のようなものだということになる。——「内乱状態の発生と治安出動とのあいだには、時間的な隙間がある」。その「時間的な隙間」を衝いて、楯の会は「飛び込んで行って」「斬死にする」。

どこに「飛び込む」のか。はっきり述べられてはいないが、常識的に考えれば、「デモ隊のなかに」であろう。村松もそう理解したようであるし、三島もそう理解させようとしているように見える。つまり、治安出動の可能性のあるとき、三島は、自衛隊が出動するまでのあいだに、楯の会を出動させて、デモ隊と白兵戦を演じ、そこで斬死にすることを望んだ。そのことが「治安出動の呼び水に」なる、というのである。

しかしそのような楯の会の行動が、治安出動の呼び水になるという保証はない。もし仮に、治安出動がありえたとしても、三島がその後に憲法改正を目論んでいたはずはない。だとすれば、その治安出動は何を目的にしたものなのか。なにか壮大なクーデター計画があり、三島はそれに参加しようとしていたのか。茫漠とした疑問が広がるばかりである。

確実なことは、自衛隊が出動するまでの「時間的な隙間」を衝いて、楯の会が出撃するということである。

「時間的な隙間」とは何を意味するのだろうか。

村松によれば、「自衛隊の出動は重大な問題だから、決定は容易には下せないはずであり、したがって出動のまえにある空白の時間が想定される」。だとすれば、「空白の時間」とは、騒乱が激しくなってから自衛隊の出動を決定するまでの時間ということになる。しかし内閣は、その決定に何時間もの長い時間を費やすかもしれない。また、議論の結果、結局、出動を発令しないということもあるだろう。そのような不確定な時間を三島は想定していたのだろうか。

そのような不確定な時間は、「隙間」と呼ばれるには不適切ではあるまいか。「時間的な隙間がある」という言葉は、短時間でしかもかなり確実な幅をもった、あらかじめ予測できる時間、という印象を与える。

「氏は説明した」と言うが、三島は思わせぶりに、「時間の隙間」があるとだけ言ったのかもしれない。そして村松が彼なりに三島の言葉の意味を補足しようとしたのかもしれない。

治安出動の際に三島が考えていた楯の会の決起計画について、この「時間的な隙間」は重要な意味をもつ。しかしそれが何を指すのか。私にとっても長いあいだ、気に掛かっている問題だった。

しかしある日、何気なく新聞を読んでいたときに、「時間的な隙間」とはこのことかもしれない、と思い当たる記事に遭遇した。平成十二(二〇〇〇)年十二月五日の『朝日新聞』の記事である。

それは、「自衛隊が『治安出動』する際、警察との連携について定めた防衛庁と国家公安委員会との『治安の維持に関する協定』が四日、一九五四年の締結以来四十六年ぶりに改正された」ことを伝えるものである。改正の理由は、従来の協定が「過激派などによる大規模なデモ、暴動を想定した」ものだったが、その想定が時代にそぐわなくなったからだという。そのような「暴動の鎮圧」に代わって、新協定で想定されているのは、「武装ゲリラによるテロ活動」などへの対処である。

そして、「警察力の限界が治安出動の原則的用件である」が、「その限界が当初より明らかな場合は、自衛隊が主体的に行動し対処することが可能とされるようになった」。たとえば、「治安出動時の警察と自衛隊との情報交換や物品提供などについても、治安出動命令が出される可能性がある場合、命令前からできるように改めた」とされている。

ということは、従来の協定では、治安出動命令が出されてから、「警察と自衛隊との情報交換や物品提供など」が行なわれ、その後に自衛隊が実際に出動することになっていた、と解釈できる。

三島が「時間的な隙間」と言ったものは、治安出動命令が出されてから自衛隊が実際に出動するまでに費やされるこの時間のこととは考えられないだろうか。それならば、その時間の幅はあらかじめおおよそ予想できる。たとえば、数十分とか一、二時間というように。いつまで続くか分からない不確定な長さの時間ではない。

このような「時間的な隙間」の存在は、自衛隊の内情にかなり精通した人間でなければ知りえなかっただろう。これが三島の考えていた「時間的な隙間」だったとすれば、彼はいつどのようにして、その存在を知ったのだろうか。彼は、自衛隊体験入隊の前に、何人もの防衛庁関係者に接触している。そのあたりからこの情報を得ていた可能性はあるのではなかろうか。

それでは、この「時間的な隙間」を衝いて、三島は楯の会とともに、どこからどこへ出撃し、何をしようとしたのだろうか。

「どこから」、つまり出撃拠点について、三島は明確にある場所を予定していたと思われる。そのヒントになるのは、昭和四十三年十月二十一日の国際反戦デーにおける三島の行動である。その日は、戦後の日本が治安出動の可能性に一番近づいた日だった。三島はその日、激しく興奮し、もしかすれば治安出動があるかもしれないと期待したと思われる。その日、三島は奇妙な行動をとっている。

この日、山本舜勝は情報訓練の一環として、楯の会会員を東京の各地点に展開させて、彼らに、実際にその目で騒乱の状況を把握するように命じた。三島も、お茶の水駅前の日本医科歯科大学の構内や、付近の明治大学前で展開されていた、機動隊と学生たちとの激しい白兵戦を目撃した。次に、彼は山本とともに銀座方面に移動した。そのとき三島は、「突然、銀座四丁目の交番の屋根によじ登った。飛び交う石の雨をものともせず、市街戦を見つめ続けた。その体はなぜか小刻みに震えていた」（山本舜勝『三島由紀夫　憂悶の祖国防衛賦』）

これについて、フラメンコ舞踏家であり三島研究者でもある板坂剛が、興味深いことを言っている。彼は、この日のいわば主戦場は新宿であるはずなのに、なぜ山本は三島を銀座などへ連れていったのか、と疑問を述べている。

もし自衛隊の治安出動があったとすれば、その可能性が最も高かったのは新宿である。結果として自衛隊の出動はなかったが、あり得たかもしれない。それを見届けようとは思わなかったのだろうか。（略）

銀座などという〈局地〉にいたということは、戦局全体を見渡してどこが政治焦点になっているかを見通す判断力が失われていたとはいえないだろうか」

（板坂剛『極説・三島由紀夫』）

もっとも激しい騒乱が繰り広げられていたのは新宿であることは、三島も知っていただろう。山本はこの日、赤坂に楯の会の拠点を設営していた。猪瀬直樹によれば、「つぎつぎと赤坂へ戻ってくる楯の会の会員たちは、一様に興奮していた。新宿へ行こう、このまま奴らにやらせておいていいのか、と叫んでいる。三島も頷いた」（猪瀬直樹『ペルソナ　三島由紀夫伝』）とされている。

しかし、三島が最終的に向ったのは、新宿ではなく、まったく別の場所だった。

その日の夜、三島は赤坂の拠点に、会員全員の集結を命じた。そして彼は山本に、「本日の全行動についての総括の会をここで持ちたい」と要請する。山本はそれに対して、「この情勢では、まだ自衛隊の治安出動はあり得ない」と断言し、「われわれの目標とした演習は、無事完了したのだ。直ちに解散し、われわれもまた元の静寂の中に戻らなければならない。われわれはまだ、治安当局やマスコミの目標となってはならないのだ」と言う。山本が「治安出動はあり得ない」と判断した根拠は、次のようなものである。「大都市とは大きな器に水を入れてあるようなもので、器が壊れでもしなければ、少々水が揺れ動いても、瞬時にして元の静寂に戻ってしまう。それが、大都市の復元力というものなのだ」。プロの情報自衛官としての冷静な判断であろう。事実そのとおり、治安出動はなかった。

しかし三島は、山本の判断に激しく抵抗した。治安出動があるかもしれないという思いを捨て切れなかったのだろう。彼は、解散を主張する山本を振り切って、会員たちに対して、ある場所へ移動するよう命じた。その場所とは国立劇場である。

三島が、治安出動への期待を捨て切れなかったとき、彼が最後に向かった場所は、もっとも騒乱の激しい新宿ではなかった。そこから遠く離れた国立劇場だった。

国立劇場といえばすぐに思い出されるのが、楯の会結成一周年記念パレードである。昭和四十四年十一月三日、そのパレードは、多数の来賓を招いて、国立劇場屋上で華やかに行われた。三島がパレードの会場を国立劇場に決定したのは、四十四年三月だった。その年の四月二十八日、三島は山本を、パレード会場に決定されていた国立劇場に案内する。

その日は、沖縄反戦デーだった。三島は山本宅を突然訪問した。そして、「こんな時に何をのんびりしているんですか！　さあ、出かけましょう」と言って、用意していたハイヤーに山本を乗せ、車のなかから激しいデモの様子を見せる。そしてその後、「ついでに『楯の会』の記念パレード会場に予定している国立劇場の屋上を見ておいてほしい」ということで、車を国立劇場に向けた。国立劇場に到着すると、ここで公演予定の三島作『椿説弓張月』の舞台稽古の様子を見せる。さらに、屋上へ行く前に、舞台の「奈落」を山本に見せる。三島は言う。「奈落は、私の信頼する友人が管理しています。いつでもお使い下さい」。

そのとき山本は、そこが、三島が「前年の一〇・二一国際反戦デーの夜、『楯の会』会員たちを急遽集結させた」場所であったことを思い出している（『三島由紀夫　憂悶の祖国防衛賦』）。しかもそのとき山本は、国立劇場がパレードの会場として以上の意味を持つことを知らされるのである。

私はようやくこの日の氏の真意を理解した。国立劇場は、皇居とは指呼の間にある。先日、三島氏の問いに私が答えたような非常事態が起こった場合、ここは絶妙の拠点となり得る。氏はその準備を着々と重ねているのだ。

「先日、三島氏の問いに私が答えたような非常事態が起こった場合」と言っているが、それを説明するためには、時間を少し前に戻さなければならない。

前年の四十三年の末に、三島宅で、山本と楯の会の主だった会員を招いた席で、次のような話題が展開された。三島は彼らを前にして、次のように質問した。「民防の目的は、日本の文化、民族の名誉を守ることだなどと言っているわけだが、その守るギリギリの状況とは一体何だろう?」。

この質問に、それまでおのおのの議論の声に喧しかった部屋中は、なぜか静まり返り、明確な答えを発する者は誰一人としていなかった。三島氏の目は、答えを促すように、会員一人一人の上を通り過ぎたが、やはり声を発する者は現れず、やがて氏の視線は端に座っていた私の上に止まった。(略)

会員たちすべての顔が私に向けられていた。私はグッと息を飲み、言った。

「そうですなあ、暴徒が皇居に押し入って、天皇を辱めるような状況を、黙って見ているわけにはいきませんでしょうなあ」

その答えを聞いたとたん、三島氏の顔に微笑が浮かび、続いて例の高笑いが部屋中に響いた。

「その時は、私はあなたのもとで、中隊長をやらしてもらいますよ」

会員たちは、三島氏のはしゃいだような口調に緊張をほぐされてか、

「そうだそうだ！」

「それじゃぼくはその下の隊員だ」

などと口々に叫んだ。

（『憂悶の祖国防衛賦』）


山本は、年があらたまって、四十四年の新年参賀に皇居を訪ねた。このとき、彼の念頭には年末の三島宅での座談の言葉が残っていた。

あまりにも宮城内に不案内であることを思い知った私は、城外で立ち売りしていた皇居の案内図を買い求め、昔の記憶を呼び起こしながら、もう一度宮城を振り返った。もしかしたら、もっと詳しい地図が必要になる時が来るかもしれない。先日の三島邸での問答を思い出しながら、そんなことのないよう祈って、私は宮城をあとにした。

山本のほうでは「そんなことのないよう祈って」いたにもかかわらず、三島はその「非常事態」のための出撃拠点を、国立劇場の「奈落」に定めていたのである。それを見せられたとき、山本は「ここは絶妙の拠点になり得る」と思った。皇居へ向かうための「拠点」である。国立劇場は、皇居の半蔵門までは数百メートルしか離れていない。走れば五分ほどで到着できるだろう。

ここで、三島が村松に語った「時間的な隙間」という言葉が思い出される。「隙間」といわれる時間がどれほどの時間を想定しているのかは分からない。しかし非常の場合、きわめてわずかの「時間的な隙間」さえあれば、三島と楯の会は国立劇場から皇居へ向かうことができるのである。

さらにその後、三島はその「非常事態」への対応を山本に強く迫るようになる。三島が山本に国立劇場の奈落を見せてから二カ月後の六月に、決定的な状況を迎える。三島は、山の上ホテルのレストランに、山本と彼の仲間の自衛官を誘った。

三島氏は中へ入るとすぐに個室を取り、注文を聞きに来たボーイに、
「大事な話がある。食事は話が済んでからにするから、呼ぶまで来ないでくれ」
と強い語調で言い、先頭に立って部屋に入った。そして全員が席につくと、いきなりドアを閉め鍵をかけた。

私はギョッとした。尋常ではないその様子に、思わず身構えたのだ。そういえば、誘われた連中は、日頃から三島氏がもっとも信頼していると思われる仲間たちである。遂に三島氏が、その決意を披瀝しようとしているのか！　脚に震えが来た。ぐっと息を飲んだ。

三島氏はやおら懐ろから紙片を出し、私たちの顔を睨むように見渡すと、それを読み始めた。項目は三カ条あった。しかし、最初の一条があまりに衝撃的で、私の記憶にはそれのみが焼き付いており、他の二カ条はどうしても思い出すことができない。

その一カ条とは、『楯の会』が皇居に突撃して、そこを死守する、というものだった。いつ、どのような状況を想定してのことであったのか、それもどうしても思い出せない。〝皇居突入、死守〟という言葉のみが、私の頭の中で大きな音とともに破裂したのだ。

「すでに決死隊を作っている。九名の者に日本刀を渡したのだ！」

そうも言ったような気がする。

「この状況下でそれはあり得ない。まず白兵戦の訓練をして、その日に備えるべきだ。それも自ら突入するのではなく、暴徒乱入を阻止するために」

そう私は答えたと思う。だが、これも明確な記憶ではない。

沈黙があった。やがて三島氏は、ポッとマッチを摺《す》ると、灰皿の上でその紙片を燃やした……

（『同』）

ここで提示された皇居突入計画は、あきらかに前年末の三島宅における山本発言の延長線上にある。したがって、山本の言葉を実現するべく、三島は皇居突入を計画したように見える。だとすれば、この計画の発案者は山本であり、三島はそれに乗っただけだとも言える。

しかし奇妙である。あまりにも手回しがよすぎる。また、いろいろなことが符合しすぎている。山本発言があってから数カ月後に、三島はそれを実行するための拠点を用意した。それは、皇居に非常事態があったときにすぐに駆けつけられるような至近距離にある。しかもそこは、前年の国際反戦デーにおいて、三島が治安出動がありうるという期待を捨て切れなかったとき、楯の会会員を集結させた場所である。さらにそこは、楯の会結成一周年記念パレードの会場にも予定されていた。

山本発言と三島案とのあいだには、決定的な違いがある。山本はあくまでも、「暴徒が皇居に押し入」るという非常の場合に防戦に立ち上がらなければならないと考えたにすぎない。それに対して、三島の「皇居突入」提案には、暴徒の皇居侵入という条件はない。山本が強硬に抵抗したのは当然であろう。

山本の強硬な抵抗によって、この計画はひとまず頓挫する。このとき以後、この計画は完全に断念されたのか、それとも山本を除いて、他の自衛官などとこの計画は進められたのか、まったく分からない。

これ以降、三島は山本から遠ざかることが多くなる。しかし、決定的に関係を断ち切るわけではなく、その後も再三、三島は山本に接触を試みた。そして最終的には、山本がまったくあずかり知らない状況で、昭和四十五年十一月二十五日の自衛隊乱入事件が起こった。

昭和四十三年暮れの三島宅での座談は、誘導尋問だったのではないか。「日本の文化、民族の名誉を守るギリギリの状況とは何か」と問われたならば、天皇を敬愛する自衛官ならば、「暴徒が皇居に押し入る危険のあるとき、それを阻止すること」と答えるのは、十分に予想できることである。三島は、山本発言を誘い出したとき、山本を彼自身の言葉によって束縛させ、そのことによって、彼を自分の念願とする行動に誘い込むことができた、と考えたのではなかろうか。

私は山本と一度だけ面談する機会を得たことがある。そのとき、「憲法改正について三島と論じ合ったことがなかった」という山本の言葉を、直接彼から確かめておきたかった。山本は、「本当にそのとおりです」と言ってから、次のように付け加えた。「三島さんと私とのあいだでは、言葉が非常に重い意味を持っていました。それはいったん口に出されたなら、必ず実行されなければならないものだったのです」。それを聞いたとき私は、そのことが憲法改正について話し合ったことがないという理由にはならないだろう、と漠然と思った。

しかし、後になって考えると、自分の何気ない言葉が端緒となって皇居突入計画へと追い込まれた、その怖ろしい記憶が残っていたからこそ、このように言ったのかもしれない。彼は、宴席で発した言葉だけのために、「必ず実行しなければならない」行動へと、追い詰められたのである。

この皇居突入計画の詳細はまったく不明である。しかし、この計画が楯の会だけで実行できるものでなかったことはたしかなようである。山の上ホテルに呼び出された、山本以外の自衛官とは、どのような立場の人物であり、彼らがどれくらいの自衛隊員を動かす力を持っていたのかも分からない。

また、この山本グループとは別に、先に触れたように、三島は最初の自衛隊体験入隊中に治安出動のときに立ち上がるよう自衛官たちを唆《そその》かしていたが、その呼びかけに乗った自衛官が、杉山隆男の著書にあるように、本当に皆無だったのかどうかも、分からない。

分からないことだらけであるが、三島が紙片に書いて示した三カ条のうち、最初の一カ条以外の二条を山本が記憶に留めていてくれれば、いくらか手掛かりになっただろう。
私は、山本に、ほかの二条について本当に記憶に無いのか質問してみた。もしかすれば、何かさしさわりがある事情のために、山本が隠しているのかもしれないと疑ったのである。しかし、彼の答えは、「まったく覚えていません」というものだった。何かを隠しているようには見えなかった。やはり、あまりの衝撃に気が動転していたのだろう。

皇居突入計画において、国立劇場という場所は重要な意味をもっている。そこは楯の会結成一周年記念パレードの会場として世間の注目を浴びたが、皇居突入計画が成功した場合には、そのパレードが実は、皇居突入の布石だったと想起させる計算が、三島にはあったと思われる。パレードの会場が皇居の至近距離にあったことは偶然ではない。

三島が国立劇場を比較的自由に使うことができたのは、彼が国立劇場の理事（非常勤）という立場にあったためである。彼は、昭和四十二年四月から死に至るまで、この劇場の理事だった。彼の歌舞伎好みは有名である。また彼自身、いくつかの創作歌舞伎に手を染めており、上述の『椿説弓張月』以外にも、彼の作になる歌舞伎がいくつかここで上演されている。歌舞伎に対する愛好とこの劇場との係わりの深さからすれば、理事に就任するのになんの不思議もない。

しかし、『三島由紀夫事典』「国立劇場」の項を執筆した織田紘二は、「たとえ非常勤とはいえ国立劇場の理事職を受諾したのは」「ほとんど公職につくことを拒絶していた感のある」三島としては異例のことである、とコメントしている。

理事に就任した昭和四十二年四月といえば、彼が最初の自衛隊体験入隊をしたころと重なる。体験入隊のときすでに、彼の胸中には、自衛隊の一部と連携して決起しようという計画、すなわち皇居突入計画が胚胎していたと思われる。だとすれば、その決起計画を抱いたうえでの理事就任だったという可能性もありうるのではなかろうか。

この皇居突入計画に言及している三島研究者は、けっして少ないわけではない。しかしほとんどの場合、そのような計画もあった、と簡単に触れられているだけで、コメントらしいコメントを加えていない。

その理由のひとつは、やはり檄文に影響されているからであろう。檄文によれば、三島は一貫して憲法改正を実現しようとしてきた。そして、治安出動のときこそが、それを実現する絶好の機会とされていた。檄文の内容を真実と受け取れば、皇居突入計画は、彼の行動計画全体において中心的なものとはなりえない。そのような計画があったことは否定できないにしても、それは結局、傍流的なものでしかない、とみなされるのは当然のことである。

そうしたなかで、前にも引用した板坂剛は例外的にこの計画への強い関心を示している。

東大全共闘との対決が行われたのとほぼ同時期に、三島は楯の会と共に皇居に乱入して占拠する計画を立てていた。そのために決死隊として九名を選出し、日本刀を渡していたという。この計画を何故実行しなかったのだろう。皇居に乱入して天皇を人質にとり、〈憲法改正〉

を要求すれば、その効果は〈市ヶ谷蹶起〉の比ではなかっただろう。何故この計画をやめて、舞台を皇居から市ヶ谷に移したのか。今となっては、その理由は知る術もない。それが三島の弱さなのだといえばそうも言えるし、また天皇より自衛隊の方に愛着があったのだという見方もできる。

（板坂剛『極説・三島由紀夫』）

「なぜこの計画をやめて、舞台を皇居から市ヶ谷に移したのか」と、板坂は言う。それは、皇居突入は、治安出動があったときにだけ可能な計画だったからである。治安出動が不可能になれば、その計画は断念されなければならなかった。また、皇居突入の際に、〈憲法改正〉を要求することもなかった。治安出動の際の出撃と憲法改正は無関係だろうということは、これまでたびたび述べてきたとおりである。

ところで、持丸博は、皇居突入計画に関係すると思われる、次のような証言をしている。

昭和四十三（一九六八）年九月、三島先生を筆頭に楯の会有志十人ほどで、皇居内にある皇宮警察の道場、済寧館で居合の稽古をはじめました。これは大森流居合といって、必ず真剣で稽古を行います。模擬刀だと、どうしても緊張感に欠けますから、怪我をすることは覚悟の上で真剣で行いました。

済寧館での稽古の目的は二つありました。一つはもちろん人を斬るための訓練です。これは居合の稽古としては当然のことですね。もう一つ隠れた目的がありました。それは一週間に一度、済寧館に行って稽古をしてそれが終わると、練習に使った日本刀を道場に預けて帰りました。この日本刀を預けるということが、実は重要な意味をもっていたのです。もしも皇居周辺で何か異変が起こったときには、身一つで済寧館にたどり着けばいいということです。そこには武器がありますから。

（『三島由紀夫・福田恆存　たった一度の対決』）

持丸たちは、皇居内の居合道場で稽古をしていた。そして彼らは、その日本刀を振るってデモ隊に突入して、斬り死にする。そのことによって、治安出動の呼び水になろうとした。と持丸は言っている。村松の著書に述べられていたのと同じ考えである。

この居合の稽古は昭和四十三（一九六八）年九月から約一年間続きました。最後まで私も稽古しましたけれども、結果として想定したような状況にはならなかった。つまり昭和四十四年一〇・二一国際反戦デーにおいて、デモ隊が機動隊によって制圧され、この斬り死にというシナリオは消えたわけです。

（『同』）

この真剣で居合いの稽古をしていた十名ほどの楯の会会員が、皇居突入計画の「決死隊」であろう。昭和四十四年六月、山の上ホテルで、三島が山本舜勝に皇居突入を迫ったとき、三島は「すでに決死隊を作っている。九名の者に日本刀を渡したのだ！」と叫んだ。その「決死隊」である。

持丸によれば、決死隊に渡された日本刀は、皇居内の居合道場につねに預けられていた。そして、治安出動が予想されるような事態が起これば、すぐにその道場から日本刀を取って来て戦えるように準備していた。治安出動の可能性が消えたとき、その必要がなくなり、皇居内道場での居合いの稽古も終了した。

ところで、なぜ彼らは皇居内の道場を自由に使うことができたのだろうか。

その発端はおそらく、三島が小説『剣』を発表して間もなく、その小説に興味をもった皇宮警察の機関誌『済寧』編集者の取材を受けたことにあるのだろう。昭和三十九年十月のことである。そのインタビューのなかで、取材者は「皇居の中にも道場がありますから、お暇なときはぜひおいでください」と三島を誘っている。そしてさらに、次のように言っている。「皇宮警察の済寧館道場は、天皇、皇后両陛下や皇太子、同妃両殿下のおいでになつたことのある道場で、各県からも修行に来てをります」（「三島由紀夫先生を訪ねて――希望はうもん」『済寧』昭和三十九年十月）。

この誘いを受けて、後日、三島は済寧館道場を訪れ、皇宮警察の信頼を得て、やがてこの道場を自由に使えるようになったと想像される。当初、三島がこの道場の使用を皇居突入計画と結びつけて考えていたかどうかはわからない。しかし結果的には、皇居内の道場を使えるということは、皇居突入計画にどれほど好都合だったかわからない。

ともかく、治安出動の可能性がある場合、三島が照準を合わせていた場所は皇居だった。デモ隊の騒乱が激しい場所ならどこにでも出かけて行って、そこで白兵戦を演じようとしたのではない。白兵戦があるとすれば、皇居周辺の白兵戦のみを考えていたのである。

この持丸の証言の意味はきわめて重い。治安出動が予想されるとき、三島が計画していたのは皇居突入計画だった、とほぼ断定してよいのではないか。

山の上ホテルで、三島が山本に「皇居突入」の決断を迫り、山本から拒絶されたのが、昭和四十四年六月だった。しかしそのとき、三島は皇居突入計画を完全に断念したわけではなかったのだろう。持丸の証言からすれば、その年の十月二十一日まで、三島はその計画に固執していた、と推測される。おそらく六月以後、山本に代わる協力者をさらに自衛隊のなかに求めて、この計画の遂行に執着し続けたのだと思われる。しかし、その間の具体的な状況については、他の自衛隊関係者の証言がえられておらず、まったく不明である。

持丸は、「革命勢力から皇居（天皇）を守る」ということを、つねに三島と話していたと言う。山本に皇居突入を迫ったときにも、三島は「皇居突入、死守」と言っている。この計画の核心は、「天皇を守る」という点にあると見てよいだろう。そのための皇居突入計画である。

ところで、ここで疑問がわいてくる。三島は、ぴたりと皇居に照準を合わせている。しかし、デモの騒擾が極まったとき、デモ隊が皇居にも押し寄せることは確実とは言えない。

そもそも山本が皇居突入計画に抵抗した大きな理由は、その計画には、デモ隊による皇居乱入が必ずしも前提されていなかったからである。皇居突入を迫られて、山本は必死で次のように拒絶した。「この状況下でそれはあり得ない。まず白兵戦の訓練をして、その日に備えるべきだ。それも自ら突入するのではなく、暴徒乱入を阻止するために」。

さらに、治安出動の可能性に一番近づいた日、つまり、昭和四十三年十月二十一日の国際反戦デーにおける三島の行動も不可解である。彼はその日、治安出動があるかもしれないという期待を捨て切れなかった。その日、彼が最終的に楯の会会員を集結させたのは国立劇場だった。おそらく、治安出動があれば、そこから皇居に駆けつけることを考えていたにちがいない。しかしその日、皇居周辺は、デモ隊の主戦場ではなかった。

皇居周辺でのデモ隊による騒乱がなくとも、三島は楯の会を皇居に突入させようとしていたのではないか。だとすれば、決死隊の日本刀はどこに向けられるものだったのだろうか。

結局、皇居突入計画は断念された。やがて、自衛隊突入へと計画は変更された。

三島事件当時、防衛庁人事一課長であった伊藤圭一は、次のような証言をしている。ちなみに伊藤は、三島が毎日新聞を介して防衛事務次官へと最初の自衛隊体験入隊を希望したとき、直接の窓口となって対応した人物である。

事件の年の五月、それまで「楯の会」の訓練をやっていた国立劇場の屋上が手狭になったので、市ヶ谷の駐屯地を借りられないだろうか、という申し出がありました。自衛隊の訓練がない日曜日にやりたいと言うので、私が東部方面総監部に頼むと、「仰々しくならないなら」という条件つきで借りることが出来ました。訓練、といっても、整列をしたり、足並みを揃えて行進したり、敬礼をしたりという程度のものでしたが。

（伊藤圭一「三島由紀夫夫人が自衛隊に償った六百万円」『文藝春秋』平成十三年一月号）

市ヶ谷駐屯地を楯の会の訓練のために借りたということは、その後の展開からして、自衛隊を攻撃目標に想定したことを意味するだろう。だとすれば、それ以前に国立劇場が訓練場であったということは、そこが自衛隊乱入事件以前の決起計画の出撃拠点を意味していた、と類推できる。

皇居突入計画とはどのようなものだったのか。山本の著書からは明らかにならなくとも、楯の会会員ならば知っているだろうと思って、私は阿部勉に尋ねてみた。答えは意外なものだった。

彼は、三島事件後はじめてその計画の存在を知ったというのである。事件の後まもなく、楯の会会員たちが集まった直会《なおらい》の席で、一部の会員が、そのような計画があった、と語ったという。詳細は話さなかったようである。皇居突入計画が存在したことは間違いない。しかしその計画については一部の会員にしか明らかにされていなかったようである。

治安出動の可能性があるとき、三島と楯の会は、デモ隊に突入して斬り死にし、そのことによって、治安出動の呼び水になろうとした、という解釈がかなり一般的である。持丸もそのように考えている。村松剛もそうであるし、山本瞬勝もそうである。おそらく三島がそのように仄めかしたからであろう。しかし私は、このような見方に根本的な疑問を持つ。

まず、当然のことながら、三島が斬り死にしたからといって、それが治安出動の呼び水になるという保証はない。さらに、もし仮に、彼が治安出動を導き出すために犠牲になろうと考えていたとするならば、その治安出動は、かなり壮大なクーデター計画のようなものを伴っていたと想定せざるをえなくなる。そうなれば、それは政治家たちや自衛隊上層部が関わった計画ということになる。その場合、三島と楯の会はそのクーデター計画のひとつの歯車にすぎなくなる。

ところで、そのクーデター計画が存在した、という説がある。ほかならぬ山本の説である。山本最後の著書『自衛隊「影の部隊」』は、昭和四十四年十月二十一日にクーデターが計画されていたと言っている。それは、三島が自衛隊の一部と連携して計画したものであるという。それに関係した自衛隊上層部の人間をHやSとイニシャルで示し、さらに、彼の直属の上司である藤原岩市もそれに関係していた、という。

すなわち、十月二十一日、新宿でデモ隊が騒乱状態を起こし、治安出動が必至となったとき、まず三島と「楯の会」会員が身を挺してデモ隊を排除し、私の同志が率いる東部方面の特別班も呼応する。ここでついに、自衛隊主力が出動し、戒厳令的状態下で首都の治安を回復する。万一、デモ隊が皇居へ侵入した場合、私が待機させた自衛隊のヘリコプターで「楯の会」会員を移動させ、機を失せず、断固阻止する。

このとき三島ら十名はデモ隊殺傷の責を負い、鞘を払って日本刀をかざし、自害切腹に及ぶ。

「反革命宣言」に書かれているように、「あとに続く者あるを信じ」て、自らの死を布石とするのである。三島「楯の会」の決起によって幕が開く革命劇は、後から来る自衛隊によって完成される。クーデターを成功させた自衛隊は、憲法改正によって、国軍としての認知を獲得して幕を閉じる。

このようなクーデター計画が本当に存在したのだろうか。

治安出動によって憲法改正を実現しようとしていた、というが、それは言うまでもなく檄文の内容を信じているからである。そのようなことはあり得ない。それは、私が繰り返し述べてきたとおりである。

山本はなぜこのようなことを言ったのだろうか。これはおそらく、彼がこのクーデター計画に実際に関与していて、その真相を暴露したという性質のものではない。彼の三島との接触と檄文の内容を付き合わせればこのようにしか解釈できないから、そう言っているのだ、と私は理解する。

山本は、私が『藤十郎の恋』を連想したように、三島の言葉を言葉どおりに信じた人である。山本は、檄文の内容をそのまま信じた。檄文をそのまま信じるとすれば、クーデター計画があったと想像される。しかし、自分はそのような計画には関与していない。だとすれば、自分が関与しない領域で、自衛隊上層部と三島とのあいだで、クーデター計画が進められていたに違いない、と推測したのだろう。

檄文がフィクションであれば、クーデター計画が実際に存在していたという可能性は薄くなる。そう考えれば、山本が述べている計画のなかで、唯一、現実に存在した計画として残るのは、皇居突入計画だけである。それについても、「デモ隊が皇居へ侵入した場合」という条件を付けている。山の上ホテルで山本にその計画が提示されたときには、その条件はなかったはずである。山本にとっては、最後まで、デモ隊の侵入がなくとも皇居に突入するという発想は理解できなかったのだろう。

治安出動があったとき、三島がやりたかったことは、クーデターではなかっただろう。楯の会が自衛隊の一部と連携してやろうとしていたことは次のようなことであっただろう。治安出動命令が出されてから実際の出動がなされるまでのあいだに、「時間的な隙間」がある。その「時間的な隙間」を衝いて、国立劇場から皇居へと駆けつけ、門を破って、皇居内に突入すること。

第七章　皇居突入計画と絶対者への侵犯

磯田光一は、三島事件の一カ月前に三島に会って、彼からある話を聞いたという。島田雅彦との対談のなかで語られている。

亡くなる一カ月前に、ちょうど三島さんに最後に会ったときに彼はこういうことを言ったのです。本当は宮中で天皇を殺したい、と言った、腹を切る前に。というのは、人間宣言をしたためにだめになったという。ところが宮中へはちょっと入れないから、自衛隊でという結論になったらしいのです。というのはどういうことかといいますと、人間天皇を抹殺することによって、『英霊の聲』に出てくる、超越者としての天皇を逆説的に証明する。パラドックスとして。それに対する、自分は忠実な臣下としてのアイデンティティを確立する。そのためには、戦後の現存する天皇を殺すという発想を三島さんは持っていました。

それで、『絹と明察』という小説、あの中で主人公の駒沢という主人公の皮膚の色、あれは人間天皇に対する風刺だということを直接聞きました。

（「模造文化の時代」『新潮』昭和六十一年八月号）

にわかには信じ難い奇怪な言葉である。磯田の作り話ではないか、とさえ思いたくなる。しかし、磯田がそのような作り話をするいわれもないだろう。この磯田の発言を正面から論じた論評は少ない。その少ない論評者のなかに松本健一がいる。彼は次のように述べている。

「天皇を殺したい」。

「人間天皇を抹殺することによって……超越者としての天皇を逆説的に証明する」という箇所は、論理として、きわめてよくわかる。わたしの言いかたでは、三島は「美しい天皇」を想い描くことによって「人間天皇」を否定しようとしたのだ、ということになる。三島はしかし、妄想であれ本当に、宮中に入って天皇を殺そうとしたのであろうか。

わたしが考えうるのは、そういう過激なことではない。三島は「戦後の現存する天皇を殺す」などということはとうてい不可能だから、観念のうちでその抹殺を行ない、そうしてじぶんだけの「美しい天皇」を抱きしめ、その「美しい天皇」の歌をもはや誰にも歌わせまいとして、一人あの世へと走り去ってしまったのではないか、ということだ。

（松本健一『三島由紀夫亡命伝説』）

松本は、「『現存する天皇を殺す』などということはとうてい不可能だから、観念のうちでその抹殺を行」おうとしたのだろうと推測する。磯田の語るところは、あまりにも非現実的に思われるからである。しかし彼は、「宮中で」という場所の特定を無視している。「宮中で」という言葉に特別の意味はないのだろうか。前章で述べたように、皇居突入計画というものが存在していた。その計画が磯田の発言と関係する可能性はないのだろうか。その計画と磯田発言との関連を探ってみたい。「宮中へはちょっと入れないから、自衛隊で……」というのは曖昧な表現である。本当は、楯の会を率いて宮中に突入したかった。しかし、通常の状況では、警察力に阻まれて不可能であるから、その可能性は最初から断念した。そして、自衛隊乱入の計画を立てた、という意味にも解釈できる。しかし、「宮中へはちょっと入れないから」とは、警察力に守られている日常的な状況に言及しているのではなくて、前章で触れた皇居突入計画が挫折したことを指しているとも解釈できる。つまり、宮中突入を現実に計画していた。そしてそれは、治安出動があったときだけ可能なものだった。しかし、治安出動の可能性が消えたため、宮中突入計画は水泡に帰した、と。だとすれば、それはもはや、たんなる「観念のうち」での「妄想」ではなくなる。

磯田発言でなによりも注目すべきは、「英霊の聲」への言及である。第二章で述べたように、三島が政治的行動の世界へ入るきっかけは「英霊の聲」だったはずである。

私は次のように推理する。「英霊の聲」を書き上げたあと、彼は自己劇化のドラマを行動の世界で作り上げようとした。そのドラマの結末は、「英霊の聲」のテーマと密接に関わっていた。そして、その結末を効果的ならしめるために綿密な計算をした。計算とは、結末が論理的必然であるかのように見せるプロセスを積み重ねることである。そして積み上げられたプロセスの最後に、結末が姿を現すはずだった。結末は、ドラマの書き始めのときから彼の胸中に秘められていたものである。治安出動という一点に集中する彼の特異な防衛論も、自衛隊体験入隊も、祖国防衛隊構想も、さらには楯の会設立も、「英霊の聲」のテーマとは無関係である。それは、悲劇の結末を準備するためのプロセスだった。プロセスそのもののなかには、三島の思想はない。しかし、磯田発言によって初めて、三島の行動の世界が、「英霊の聲」のテーマと関係するかもしれない可能性が開けたのである。胸中深く秘密にされてきたドラマの結末が開示されるかもしれないのである。

ところで持丸博は、この磯田発言に激しい反発を示している（『証言　三島由紀夫・福田恆存たった一度の対決』）。「悪質なデマと捏造」とまで言っている。理由はいくつかある。ひとつは、磯田発言が伝聞と推定によるものでしかないということであり、さらにそれほど親しいわけでもなかった磯田にだけなぜそのようなことを言うのか、という疑問もある。

しかし、持丸の最大の怒りは、自分たちは「天皇を守る」ために命がけの行動をしようとしていたのに、こともあろうに、「天皇を殺す」ことが目的だったなどという言葉は許せない、という点にあるのだろう。楯の会会員のなかにも、磯田発言には同様の反発を感じる人が多いと思われる。

私は前章で、持丸の証言から、三島が治安出動のときに想定していた計画は、皇居突入計画以外にはありえないと判断した。しかしそれを磯田発言と関連させて理解しようとするとき、最大の問題は、天皇に対する方向が両者では正反対に見えることである。皇居突入計画の目的は、「皇居死守」つまり天皇を守ることである。しかし磯田に対しては、「天皇を殺したい」と言ったとされる。どう考えたらよいのか。

ところで、「天皇を守る」と「天皇を殺す」という一見正反対の立場は、三島においては理論的には両立しうる。天皇を「ゾルレンとしての天皇」と「ザインとしての天皇」に分けて考え、前者すなわちあるべき理想的な天皇を守るために、後者すなわち現実の天皇を否定する、という考え方である。「文化防衛論」で述べられた主張である。三島においては、観念的な絶対的天皇への崇拝と、現実の天皇への否定が、つねに背中合わせに張り付いている。

その二分法に拠って、「天皇を殺す」と口走る若者たちが、民族派あるいは楯の会の一部にいたことも事実である。鈴木邦男は言っている。

当時は僕ら右派学生の中にも、「ゾルレン（当為・理想）としての天皇を守る為ならザイン（存在・現実）の天皇は殺しても構わない」と言う人間がいた。又、「我々が守るのは理念としての天皇制であり、個々の人間天皇はどうでもいいのだ」と言う学生もいた。三島がたとえ冗談半分に口走ったとしても、そのたぐいの議論というか、極論だと僕は思うのだが。

（鈴木邦男『言論の覚悟』）

三島は、楯の会を率いて、「ゾルレンとしての天皇」を守るために、「ザインとしての天皇」を殺害するべく、皇居に突入しようとした、とは理論のうえで考えられないことではない。

しかし、少なくとも持丸にとっては、天皇を「ゾルレンとしての天皇」と「ザインとしての天皇」に二分することは不可能であった。彼は、いわゆる皇国史観の平泉学派に連なる人物である。天皇に対する三島と持丸の立場の違いは、たとえば二・二六事件の評価において明らかになる。二・二六事件において、天皇は断固として反乱の鎮圧を命じた。その天皇の行動を三島は糾弾する。「もっとも神であらせられるべき時に、人間にましました」(「英霊の聲」)と言って。しかし持丸は、承詔必謹《しょうひょうひっきん》、つまりいかなる天皇の言葉にも謹んで従うべきという立場から、天皇のこの行動を是とする。持丸が楯の会を去ることになるひとつの大きな要因は、天皇をめぐる三島と彼との思想の違いにあった。

皇居突入計画といってすぐに連想されるのは、二・二六事件への三島の関心の深さである。皇居突入計画は、二・二六事件に対する関心の延長線上にあると推測することができるだろう。

昭和十一年二月二十六日、陸軍皇道派の青年将校たちが決起した。彼らは、天皇親政による国家改造をめざして、「君側の奸」とみなす内大臣や蔵相ら政府要人を暗殺した。約千五百名の決起部隊は、一時、陸軍省、国会、首相官邸などを含む一帯を占拠した。

しかし、決起将校の理解者だった陸軍上層部の天皇への進言は功を奏さず、軍主流によって、彼らは反乱軍として鎮圧された。天皇自身の激怒が大きな要因だった。

二・二六事件が失敗した最大の要因は、宮城《きゅうじょう》封鎖をしなかったことである。三島はそう断言する。

二・二六事件は、戦術的に幾多のあやまりを犯してゐる。その最大のあやまりは、宮城包囲を敢《あ》へてしなかつたことである。北一輝がもし参加してゐたら、あくまでこれを敢行させたであらうし、左翼の革命理論から云へば、これはほとんど信じがたいほどの幼稚なあやまりである。しかしここにこそ、女子供を一人も殺さなかつた義軍の、もろい清純な美しさが溢《あふ》れてゐる。

（「二・二六事件について」）

三島のみならず、二・二六事件に関する研究者の見方もそのとおりであろう。反乱軍が宮城に押し入り、天皇の身柄を拘束したならばクーデターは成功していた可能性が高い。

二・二六事件では、宮城封鎖の計画がなかったわけではない。計画では、反乱軍の一部である近衛歩兵第三連隊が半蔵門から宮城内に入り、宮城内で守備についている近衛第一連隊を説得して身方に引き入れ、さらに警視庁を占拠していた歩兵第三連隊を宮城に呼び入れて、宮城のすべての門を押さえてしまう計画をたてていた。

しかし、宮城を守備していた近衛歩兵第一連隊の大高少尉は、近衛歩兵第三連隊の中橋中尉を危険視して、彼らを追い返そうとした。そこで二人の中隊長が拳銃を抜いて対峙する緊迫した状況となった。しかし結局、銃を撃ち合うことなく、中橋中尉のほうから拳銃をしまい、宮城から撤退した。したがって、四百人の歩兵第三連隊が、宮城に迎え入れられて、宮城を占拠することもなかった（半藤一利『昭和史』）。

半藤一利は、中橋が強硬な姿勢を貫けなかったのは、彼らが宮城に来る途中で、高橋是清蔵相を惨殺していたために、すでに気力が萎えていたためかもしれないと言う。それはともかく、宮城封鎖に失敗した時点で、事件の帰趨は決したといっていい。

二・二六事件で決起将校たちができなかったこと、それを三島はしたかったのかもしれない。治安出動があるときだけ、自衛隊の一部の協力があれば、二・二六事件でできなかった宮城占拠ができる、と彼は考えたのかもしれない。

第四章で、決起の機会を逸した三島の落胆を示すひとつの例として、昭和四十五年二月二十七日付のドナルド・キーンにあてた手紙を引用したが、その末尾近くで、さりげない表現で、三島は二・二六事件に触れている。


きのふの二・二六事件の記念日の東京は生あたたかい春の雨で、中央公論社がカンヅメにしてくれたパレス・ホテルの窓から、一人きりで、ぼんやりお濠側を眺めてゐました。何だかますく〵元氣がなくなるやうでした。

カンヅメになっているホテルから、皇居のお濠が見える。それはただの偶然である。しかし、それを見ているだけで「ますます元氣がなくなる」のはなぜだろうか。お濠の向う側の皇居に突入する計画が挫折した無念さを、思い返しているからではないだろうか。

しかし三島は、青年将校たちが計画していたような政治的クーデターを成功させたかったのではないだろう。問題はもっと文学的、あるいは擬似神学的なことがらに関わる。

三島の二・二六事件に対する関心は政治的なものではない。彼は、独特の観点から二・二六事件を見ている。「神の死」という観点である。彼は、「たしかに二・二六事件の挫折によって、何か偉大な神が死んだのだった」と言っている（「二・二六事件と私」）。ここで注意すべきことは、この「神の死」が、ニーチェが言う意味での「神の死」だということである。つまり、西欧的な「神の死」の観念を、彼は日本近代史の事件にあてはめている。

二・二六事件における「神」は、いうまでもなく天皇であり、ニーチェが言う「神」は、キリスト教の神である。天皇を神とする観念は、キリスト教的な神観念とはちがう。両者の神観念のちがいについてはさまざまな議論がありうる。しかしおそらく、三島はそのことは十分承知のうえで、強引にこの二つの神観念を結びつけている。おそらく彼は、二・二六事件という日本の特殊な事件を、普遍的な世界文学を作るための素材として利用しているのである。もっともナショナルな素材を使うことによってインターナショナルな文学的テーマに迫ろうとする文学的野心を、ここに認めるべきであろう。二・二六事件という日本に固有の事件を取り上げていることをもって、彼の文学が国粋的な世界にのめり込んでいったと見るのは、誤解である。

三島によれば、日本人が「神の死」を経験したのは、二・二六事件のほかに、太平洋戦争の敗戦のときがある。むしろ彼にとっては、敗戦のほうが根源的な「神の死」の体験であり、二・二六事件における「神の死」は、遡って類似のものとして想起されたのであろう。

「海と夕焼」という短編がある。その作品は、日本人の敗戦による喪失感を、西欧的な「神の死」の文脈のなかに位置づけている。

主人公は、鎌倉時代の日本の寺で寺男として暮らしている安里《アンリ》というフランス人である。彼は故郷で羊飼いをしていたとき、キリストからの召命を受ける。「基督《キリスト》が丘の上から、白い輝やく衣を着て、私のはうへ下りて来られるのを見た」。そのキリストは、彼に言った。

『聖地《エルサレム》を奪ひ返すのはお前だよ、アンリ。異教徒のトルコ人たちから、お前ら少年がエルサレムを取り戻すのだ。沢山の同志を集めて、マルセイユへ行くがいい。地中海の水が二つに分れて、お前たちを聖地へ導くだらう』

「地中海の水が分れる」とは、もちろん旧約聖書の「出エジプト記」の記述を踏まえている。エジプトの軍勢に追われたイスラエルの民の前で、海の水がふた手に分れて陸地があらわれ、彼らは歩いてそこを渡り、逃げおおせることができたという奇跡である。これは、十字軍の聖地奪還の戦いにおいてその奇跡を再現させるという、キリストのお告げである。

アンリは、お告げに従い、たくさんの少年たちを集め、マルセイユへ向う。しかしマルセイユに到着しても、海は割れなかった。何日待っても、割れなかった。そのうち少年たちは、自分の船でエルサレムに連れて行ってあげようという「信心深い様子の男」によって、エジプトのアレキサンドリアへ運ばれ、そこでことごとく奴隷として売られた。その後、さまざまな流転の末、アンリは、インドに来ていた大覚禅師蘭渓道隆《らんけいどうりゅう》に伴われて日本に来、彼の寺で寺男として暮らすこととなった。

「海の水が分れる」奇跡が、「神風」が吹いて日本は勝利するという、戦争中の日本人の奇跡待望と重ね合わされていることは明らかである。三島は、中世のヨーロッパ人を主人公とすることで、「神風は吹かなかった」という日本人の絶望感を、西欧的な「神の死」の経験と重ね合わせているのである。

三島は、この「神の死」にどう対処しようとしたのか。彼は、バタイユ的方法によって対処しようとする。つまり、聖なるものを侵犯し、そのことによって、聖なるものに迫る可能性を探るという方法である。

三島が、文学作品のうえで、二・二六事件に対する関心を初めて明らかにしたのは、「憂国」においてである。

「憂国」の主人公武山中尉は、二・二六事件が起こった際、新婚のゆえに決起に誘われず、しかも翌日になれば決起した兵たちを追討する立場に立たなければならない。その苦境において、彼は新婚の妻とともに自刃する。三島は、「二・二六事件と私」という文章で、この自作を解説して、武山中尉の自刃の行為は、それをのがせば二度と訪れない「至福」の経験だったと確信する、と言っている。そしてその確信について次のように言う。

直接にはこの確信にこそ、私の戦争体験の核があり、又、戦争中に読んだニーチェ体験があり、さらに又、あの「エロティスムのニーチェ」ともいふべき哲学者ジョルジュ・バタイユへの共感があった。少年時代まで敬虔なカトリックであったバタイユは、ある日「神の死」を体験してから、エロティスムの研究に没頭するのである。（「二・二六事件と私」）

彼はこの文章のなかで、次のような清水徹の「バタイユ論」を引用している。

「エロチスムはかれに『神の死』という暗い現実をもっとも直截に語るものだった。（中略）サルトルの巧みな比喩を借りて言えば、バタイユの生は、神という『この親しい存在の死の暗鬱な翌日』なのであり、かれは『まるで、黒ずくめの喪服を着て死せる妻の追憶のうちに孤独の罪に耽っている慰めようもない寡夫のように』『神の死』の翌日を生きている。性を覆う《禁止》も、すべて空ろな形骸と化し、しかも死んだ神の記憶はまだバタイユに生なましい。とすれば、《違反》に《違反》を重ねて、形骸化した《禁止》に生命をよみがえらせるしか道はないのではないか。（中略）《違反》が極限に達したとき、《禁止》は極限というかたちで厳然と実体化するだろう。」

（清水徹氏「両次大戦間文学へのひとつの仮説的視点」《季刊世界文学》第3号）

三島は、死の一週間前に行われた、古林尚《ふるばやしたかし》との対談（「三島由紀夫　最後の言葉」）で、頻繁にバタイユに触れている。その一例が次の言葉である。

さつき申し上げた美、エロティシズム、死といふ図式はつまり絶対者の秩序の中にしかエロティシズムは見出されない、といふ思想なんです。ヨーロッパなら、カトリシズムの世界にしかエロティシズムは存在しないんです。あそこには厳格な戒律があつて、そのオキテを破れば罪になる。罪を犯した者は、いやでも神に直面せざるを得ない。エロティシズムといふのは、さういふ過程をたどつて裏側から神に達することなんです。

三島はここで、天国へ至る裏階段を昇ったとされるサドを念頭に置いている。バタイユへの傾倒はサドへの関心と接続している。

バタイユ研究家の酒井健は、この箇所の三島の発言を引用したうえで、三島事件について次のようにコメントしている。

これらの発言からは、三島の理解するバタイユの思想と数日後に決行された三島の自決との類縁性が見えてくる。三島は東京市ヶ谷の陸上自衛隊駐屯地へ乱入、総監を縛りあげ七人の自衛隊員を負傷させるという「罪」を犯して、「裏側から」彼にとっての神である天皇に接近、自らの肉体を滅ぼしてこの聖なる神との精神的合一を果たそうとしたのだった。

（酒井健『バタイユ入門』）

これは、三島事件とバタイユ思想との関係について述べられた興味深い指摘である。酒井は、三島がバタイユに傾倒していたことをよく知っており、彼の最期の行動には、バタイユ的な思想の反映があるはずだと考えていたからこそ、このように言ったのであろう。

しかしどこか不自然である。総監を縛りあげることによって、「彼にとっての神である天皇に接近」できると見るのは、あまりにも間接的すぎる。総監を縛りあげ自衛隊員を負傷させるという「罪」が、どうして天皇への侵犯と見なされるのだろうか。あの事件における三島の行動には、「天皇」の影は希薄である。さらに、自衛隊総監室は、どうみても聖なるものからは遠い場所である。

しかし、事件の舞台が自衛隊ではなくて皇居だったらどうだろうか。そして、「英霊の聲」に見られたような、「人間宣言」をした天皇への抗議をスローガンに掲げて突入したならば。それは、酒井が指摘するようなバタイユ的侵犯が、より直接的なかたちで実現したものとなっただろう。そしてそれこそが、三島が本来計画していたことだった、と私は考える。

古林尚との対談は、三島の最後の発言として重要である。おそらく彼はここで、最後にどうしても言っておきたいと思うことを言っている。それは、一週間後に実行された自衛隊乱入についてではない。彼はこの対談で、憲法改正問題については一言も触れていない。彼がぜひとも言っておきたかったことは、彼が念願としていたが実現できなかった決起、つまり皇居突入計画に込められていた思想であろう。

二・二六事件の決起将校のなかでも、三島が特に関心を寄せたのが磯部浅一である。磯部といえば「獄中日記」において、天皇に対する激しい呪いの言葉を吐露したことで有名である。彼は獄中で、事件に対する天皇の「日本もロシアの様になりましたね」という言葉を人伝てに聞いて、次のように叫んだ。

今の私は怒髪天をつくの怒りにもえてゐます、私は今は、陛下を御叱り申上げるところに迄、精神が高まりました。だから毎日朝から晩迄、陛下を御叱り申しております。天皇陛下、何と云ふ御失政でありますか、何と云ふザマです、皇祖皇宗に御あやまりなされませ。

三島もおそらく、この言葉に強く引かれたにちがいない。それは磯部の言葉が、バタイユ的な「聖なるものに対する侵犯」の契機になりうると見たからである。三島は、「英霊の聲」を発表した翌年の昭和四十二年二月に「『道義的革命』の論理――磯部一等主計の遺稿について」を『文藝』三月号に発表する。磯部の新しく発見された遺稿を読んでの評論である。

彼はここで意外なことに、天皇に激しい呪いの言葉を浴びせたのとは異なる磯部の側面に注目している。「癒やしがたい楽天主義」である。磯部は、事件の渦中においても、逮捕されてからも、さらには裁判の過程においてすら、決起した自分たちの真情は、かならずや天皇に達するはずだ、という期待を持ち続けた。その甘い状況認識を、三島は、「待つこと」という言葉で特徴づけている。言うまでもなく、「待つこと」の結果は、絶望だった。磯部の期待とは裏腹に、天皇は、事件の発生以来、彼らを一貫して反乱軍とみなし、その征討を主張した。

三島は、「人間劇の見地から見るときに、もつとも個性が強烈で、近代小説の激烈な主人公ともなりうる人物こそ、磯部一等主計なのである」と言っている。磯部を近代文学的テーマを体現した人物と見なしているのである。三島は、二・二六事件の挫折に「神の死」を見、磯部浅一を近代文学の主人公のように捉え、さらに彼の心情を「待つこと」として特徴づけている。そのときある文学作品が彼の念頭にあった、と私は考える。サミュエル・ベケットの『ゴドーを待ちながら』である。

『ゴドーを待ちながら』では、二人の浮浪者のような男が、神《ゴッド》あるいは神らしきものが現れるを、ただひたすら待っている。それは「神の死の翌日」の光景である。磯部は、ひたすら天皇という神の顕現を期待して「待つ」。そして、その期待は裏切られ、痛切な「神の死」を経験する。磯部は三島によって、「神の死」という近代文学のテーマをめぐる劇的主人公としての位置を与えられているのである。

三島は、安部公房との対談で、『ゴドーを待ちながら』に触れている。内容は酷評である。

僕はゴドーが来ないといふのはけしからんと思ふ。それは二十世紀文学の悪い一面だよ。ゴドーが来ない。これはいやしくも芝居でゴドーが来ないといふのはなにごとだと、僕は怒るのだ。

（「二十世紀の文学」）

『ゴドーを待ちながら』において、主人公は、「神の死」というニヒリズム的状況のなかで、あてもなく聖なるものの出現を待っている。磯部浅一も、聖なるものの出現を期待して待ち続け、結局、「神の死」というニヒリズムを招来した。三島もニヒリストである。しかし彼は、受動的に待ち続けることはしない。彼は、「能動的ニヒリズム」を提唱する（「革命哲学としての陽明学」）。「能動的ニヒリズム」とは、バタイユ的に聖なるものを侵犯することによって、聖なるものに迫ろうとする方法である。

磯部や他の青年将校たちが待ち続けることによって失敗したことを、三島は「待たないこと」によって、つまり聖なるものを侵犯することによって、成し遂げようとしたのではないか。もちろんそれは、クーデターの成功ということではない。聖なるものの顕現の可能性に賭けたということである。

自衛隊乱入のときの檄文で彼は次のように叫んでいた。

われわれは四年待つた。最後の一年は熱烈に待つた。もう待てぬ。自ら冒瀆する者を待つわけにはいかぬ。しかしあと三十分、最後の三十分待たう。共に起つて義のために共に死ぬのだ。

村松剛が、檄文中の「銘記せよ！　昭和四十四年十月二十一日といふ日は、自衛隊にとつては悲劇の日だつた」という箇所について、「このあたりが少々オクターヴがちが」っており、三島の「感情の昂ぶりを示している」と述べていたことを、以前に紹介した。そしてそれは、表面上は憲法改正の機会が失われたことに対する失望を表現しているが、実は憲法改正とはまったく違う彼が念願していた計画が、その日決定的に不可能になったことへの概嘆が、この背後に込められていたのだろう、と私は述べた。彼が念願としていた計画とは、もちろん皇居突入である。

それと同様のことが、この「もう待てぬ」という言葉についても言えるのではなかろうか。文字どおりには、「もう待てぬ」とは、憲法改正の機会をもう待てない、ということである。

しかしこの言葉をもっと別の状況で叫びたかったのではなかろうか。「もう待てぬ」と叫んで、皇居に突入したかったのではないか。その「待てぬ」対象は憲法改正ではなく、「侵犯」によって出現されるかもしれない神の顕現の可能性だった。

磯部は三島にとって反面教師である。待ち続けることによって失敗した彼らを、三島は「待たない」ことによって乗り越えようとする。「もう待てぬ」といって、皇居に突入したかったのではないか。

皇居突入計画に込められた彼の思いを知るためには、三島自身が言っているように、エロティシズムと天皇の関係を理解することが肝要である。

なぜ、天皇とエロティシズムが関係するのか。そのことに素朴な疑問を抱く人々も少なくないと思われる。その関係を知るためには、迂遠なようであるが、議論の出発点としてプラトンを押さえておかなければならない。

三島が言うエロティシズムのエロスとは、基本的には、プラトンの言う意味でのエロスである。彼はプラトンに発する西欧的なエロティシズムの枠組みを意識している。

三島がプラトンに深い関心をもっていたことは、次のような言及からも明らかである。彼は昭和四十四年五月、東大全共闘との討論会を行い、その後、その討論は本にまとめられた。そのあとがきで三島は言っている。

概して私の全共闘訪問は愉快な経験であつた。東大教養学部を訪れるのは、昔、大学卒業後、呉茂一先生のプラトンの講義を盗聴しに行つて以来であるが、裏門から入ればよいと教へられて入つた構内は意外に広く、私は何人かの学生に道を訊きながら会場を目ざした。

（『討論　三島由紀夫vs.東大全共闘《美と共同体と東大闘争》』）

プラトンについて本格的に学ぶべく、彼はわざわざ呉茂一の講義を聴きに通っていたのである。古林との対談において、『近代能楽集』のなかの「綾《あや》の鼓《つづみ》」に触れられている。

古林　それと芝居でもう一つ好きなのは、「近代能楽集」の中の「綾の鼓」です。鳴るはずのない綾の鼓を、女主人にだまされて鳴れば恋をかなへてやると言はれ、懸命になつて打ちつづける男のせつない努力――あれには、まつたく心を衝かれました。

三島　それは、まるでぼくが天皇陛下を言つてゐるのと同じぢやないですか。（笑）天皇制を論議すると意見が衝突するけど、要するに古林さんもぼくもモティーフは同じですよ。

鳴らない鼓を懸命に打ちつづけることが、なぜ天皇への思いと重なるのだろうか？「綾の鼓」から天皇に言及するのは、いささか唐突に思われる。しかし、おそらく三島はここで、彼の天皇への思いが、プラトン的なエロスと重なるのだ、と言いたいのである。

「綾の鼓」の主人公は、法律事務所に勤める老小使の岩吉である。彼は、窓越しに、向かいの洋裁店にたびたび訪れる華子という貴婦人のような女性を見て、彼女を恋するようになる。彼女は、岩吉が彼女を恋していることを聞いて、彼をたぶらかすために、鳴るはずのない綾の鼓を彼に届けさせる。そして鼓に次のような言葉を添える。「この鼓を打つて下さい。……あなたの鼓の音が、こちらの窓まで届いたら、思ひは叶へてあげませう」。岩吉はその鼓を必死に打ち続けるが、鳴らない。ついに彼は、窓から身を投げて死んでしまう。

三島はおそらく、この恋をする貧しく醜い老人を、『饗宴』でプラトンが語る「エロス」に重ね合わせている。プラトンによれば、エロスとは一種のダイモン（神霊）であり、自らに美の欠乏を感じているからこそ、美にあこがれる。プラトンはエロスを次のように描写する。

彼はいつも貧乏です、そうして多衆が信じているような、きゃしゃとか優美とかいうのとは大違いで、むしろごつごつしていて、汚らしく、跣足《はだし》で、また家無しなのです。（略）ところが、他の一方では、（略）いつも美しい者と善いものとを待伏しており、勇敢で、猪突的で、豪強で、非凡な狩人であり、（略）全生涯を通じて愛智者《フィロソフォス》であると同時にまた比類なき魔術師、毒薬調合者かつソフィストなのです。

（久保勉訳『饗宴』）

プラトンによれば、人間は、ひとりの異性あるいは同性に対する愛から出発して、順次上昇し、ついには美のイデアに到達する。そして真・善・美は一体であるゆえに、美のイデアは同時に真と善のイデアでもある。

愛の奥義に到る正しい道とは次のようなものであるからです。それはすなわち地上の個々の美しきものから出発して、かの最高美を目指して絶えずいよいよ高く昇り行くこと、ちょうど梯子の階段を昇るようにし、一つの美しき肉体から二つのへ、二つのからあらゆる美しき肉体へ、美しき肉体から美しき職業活動へ、次には美しき職業活動から美しき学問へと進み、さらにそれらの学問から出発してついにはかの美そのものの学問に外ならぬ学問に到達して、結局美の本質を認識するまでになることを意味する。（『同』）

岩吉は、ひとりの女性に対する恋をとおして、美のイデアに到達しようとするエロスそのものである。その岩吉のせつない恋を、三島は自分の天皇への思いと重ねている。ということは、彼自身も、エロスの階段を昇って聖なる天皇に到達したいという意図を表明している、ということである。恋は、聖なるものへと上昇する階段であるというプラトン的な観念は、やはり『近代能楽集』に収められている「卒塔婆《そとば》小町」にも窺える。その作品に登場する詩人は、公園のベンチに座る恋人たちを次のように賞賛する。

僕はこの通り三文詩人で、相手にしてくれる女の子もゐやしない。しかし僕は尊敬するんだ、愛し合ってゐる若い人たち、彼らの目に映ってゐるもの、彼らが見てゐる百倍も美しい世界、さういふものを尊敬するんだ。ごらん、あの人たちは僕らのおしやべりに気がつきやしない。みんなお星様の高さまでのぼつてゐるんだ、（略）……このベンチ、ね、このベンチはいはば、天まで登る梯子《はしご》なんだ、世界一高い火の見櫓《やぐら》なんだ。展望台なんだ。

三島はあるところでは、『饗宴』の表現をほとんどそのままなぞるような言い方で、エロスを説明している。

エロスというのは、要するに〝欠乏の精神〟でしょう、自分に足りないから何かが欲しいという。エロスっていうのは結局、自分は美しくなくて、美しいものにあこがれている。自分に足りないものがエロスの根元だから、反体制的感情なんて、ほんとにエロティックなものなんだね。

（寺山修司との対談「エロスは抵抗の拠点になり得るか」）

しかし、現代社会においては、プラトン的なエロスの階段を昇り詰めて、究極の真・善・美に到ることは難しい。「綾の鼓」においても、美は、真や善と背離している。華子は、貴婦人のような外観はしているが、実はもとスリであり、腹にはあやしげな刺青が彫られている。

そのような時代にあって、聖なるものに到達するひとつの方法は、サド侯爵のように、「罪を犯す」ことによって、「裏側から神に達する」ことである、と三島は考える。三島はしばしば、「垂直のエロティシズム」という言い方をする。プラトン的なエロティシズムは、言うまでもなく「上昇のエロティシズム」である。しかし、三島のエロティシズムは、侵犯の罪をおかして神に接近しようというものであるから、下降と上昇のふたつのヴェクトルを含んでいる。それゆえ「垂直の」としか言いようがない。

次の文は、澁澤龍彦を評したものであるが、三島自身が志向したものでもあることは、明らかであろう。

> 畸形、流血、死にいたる情慾といふ、中世紀風な荒つぽい嗜好《しこう》と、衰弱、退廃《たいはい》、崩壊、といふ十九世紀的な薄明の貧血的嗜好とを、併せ持つた澁澤氏は、日本的な水平のエロティシズムではなく、西欧的な垂直のエロティシズム、いはば天へあがき昇り、地底へあがき下らうとする三次元のエロティシズムの持主である。
>
> （「垂直のエロティシズム」）

プラトンとバタイユが持ちうる接点について、哲学者竹田青嗣は次のように述べている。

> エロスについての数少ない本質的思想家であるジョルジュ・バタイユは、醜いものを前にしてはエロティシズムは「意気阻喪」すると書いているが、両者（引用者注▼プラトンとバタイユ）の考察の核はほとんど重なりあっている。ただしバタイユによれば、エロティシズム

は「恋」自体とは違って、「美しいもの」を〝堕落させる〟という方法で逆説的に「超越性」に触れようとするものだ。つまり、それはケガすために「美しいもの」を必要とする。このため、エロティシズムは永遠性の感覚からはむしろ離れ、いわば瞬間のうちに「超越」を求めようとするような性格をもつのである。

（竹田青嗣『プラトン入門』）

ケガすために「美しいもの」を必要とする。そしてその瞬間のうちに「超越」を求める。この点こそが、三島がバタイユに共感を覚える核心であろう。エロティシズムの充足のために、絶対無比のタブーを作り上げ、それを犯す。タブーはその対象自体のためにタブーであることが必要とされるのではなくて、犯すために必要とされるのである。エロティシズムの成就のためにである。三島の天皇観の根底には、このような逆説的思考がある。彼を伝統的な天皇崇拝者と見るのは誤解である。

聖なるものを侵犯することこそがエロティシズムの成就であるというバタイユ的な考えが、はっきりあらわれている作品が、『春の雪』である。

公爵家の嫡子松枝清顕の、幼なじみの伯爵家の令嬢聡子に対する思いは、当初は漠然とした曖昧なものにすぎなかった。しかし、聡子と宮家との婚約が整い、それに対して天皇から勅許が下されたとき、事態は変わる。「勅許」によって絶対的な「禁止」が出現した。そのとき、清顕の聡子に対する思いは、激しい恋となって燃え上がった。

『優雅といふものは禁を犯すものだ、それも至高の禁を』と彼は考へた。この観念がはじめて彼に、久しい間堰《せ》き止められてゐた真の肉感を教へた。思へば彼の、ただたゆたふばかりの肉感は、こんな強い観念の支柱をひそかに求めつづけてゐたのにちがひない。彼が本当に自分にふさわしい役割を見つけ出すには、何と手間がかかつたことだらう。

『今こそ僕は聡子に恋している』

この感情の正しさと確実さを証明するには、ただそれが絶対不可能なものになつたといふだけで十分だつた。

彼にとってタブーが必要なのは、それを破るためである。タブーが厳然として存在していればいるほど、それを破る快楽は大きい。『春の雪』は、明治の雅びな貴族社会という舞台のなかに、バタイユ的なエロティシズムを表現した小説である。清顕は、「禁止」を犯して「神に達する裏階段を昇る」サドに酷似している。

創作時期においても、『春の雪』と『サド侯爵夫人』は重複している。『春の雪』を書き始めたのは昭和四十年四月末か五月。脱稿は昭和四十一年十一月。『サド侯爵夫人』のほうは、昭和四十年六月末から書き始めて同年八月末に書き上げている。三島は一方で、革命直前のフランスの貴族社会を舞台に『サド侯爵夫人』を書き、同時に『春の雪』では、それを日本の明治・大正の貴族社会に移し替えて、同じテーマを追求していた。

三島におけるエロティシズムを考えるとき重要なのは、彼の切腹に対する欲求が性的快感と結びついていることである。『仮面の告白』において彼は、聖セバスチャンの殉教図に性的興奮を感じたと述べている。切腹はその延長線上にあるものであろう。

そのことを決定的に明らかにしたのは、堂本正樹の『回想　回転扉の三島由紀夫』である。三島と堂本は、同性愛的な「兄」と「弟」の関係であった。そしてふたりは、しばしば「切腹ごっこ」に興じていたという。三島がいろいろ悲壮な場面を空想しながら、ふたりは、刃のついていない摸造刀を使って、切腹のまねごとをしていたという。空想される場面としては、「満州皇帝の王子と甘粕大尉、沈没する船の船長と少年水夫。やくざと学習院の坊っちゃん。『英霊の聲』にそっくりな集団切腹」などがあったという。

あるとき、堂本は三島から、三島のある原稿を書写させられる。三島作だということを世間から隠すためである。その作品は「愛の処刑」。これは、生前から三島の作品ではないかと噂があったが、その真偽がはっきりしていなかった。現在では、三島作と確定されて、決定版の全集にも収録されている。この作品も、切腹を伴う同性愛の世界を扱っている。内容は、猟奇的としか言いようのない血なまぐさい凄惨なものである。

そのとき三島は、「こんどは桐の函に入った、世間向けの純文学として書くよ」と語ったという。それが「憂国」である。「憂国」は、猟奇的な「愛の処刑」が、「桐の函に入った、世間向けの純文学」に変容したものだというのである。さらに三島は、この作品をみずから監督・主演して映画化する。そして、その演出を「弟」の堂本に委ねる。堂本は言う。「『憂国』はたしかに私たち『兄弟』のための神話だった」。

このように見てくれれば、「憂国」というタイトルは、なによりも、同性愛的な「悲壮美」を駆り立てるための言葉と解釈すべきであろう。この小説に、憂うべき国情に対する具体的な批判が見られないのは当然のことである。

「切腹ごっこ」に興じた相手は、堂本だけではなかった。男滝冽《おたきれつ》は、「私と三島由紀夫さんの『切腹』の午後」（『宝島30』平成八年四月号）で、堂本と同様の体験をしたことを証言している。そして彼は、自衛隊乱入事件における三島の行動を、「切腹願望」を実現し、究極の性的高揚を得るために行ったと見ている。彼は、この「切腹願望」こそが三島事件の重要な要因であったと考える。

三島が、みずからの主張を、文学作品を創作したり評論で論じたりすることだけで満足できず、行動の世界に入り込んで自決にまで至らなければならなかったのは、根本的には、この強い切腹願望を抑えることができなかったためであろう。

「切腹願望」という点だけから見れば、三島は自衛隊乱入事件において、その願望を申し分なく充足できた。しかし、彼はそれだけでは満足できなかったはずである。彼はその特異な欲望を、あることと結びつけて充足させたかったはずである。絶対者との出会いである。おそらく三島は、みずからの切腹願望という特異な性的欲望を、サドのサディズムに対応させている。そしてサドと同じように、「罪を犯して」「裏側から」絶対者に到達しようとした。しかし、皇居突入計画が挫折したことによって、それは叶わない夢に終わった。

本来の念願が果たせなかった挫折感は、母親倭文重《しずえ》の目から見た、三島の最期の晩の姿に窺われる。

公威はこの一、二カ月以来日ましに疲れが目立ってきて、あの晩はことにひどく、自分の家の玄関までわずか四、五間のところを首を深く垂れ肩をすっかり落してトボトボと歩いていった、あの惨めそうなうしろ姿が気になって、自分もいつになくジーッと姿の消えるまで見送っていた。

（平岡梓『伜・三島由紀夫』）

三島が、楯の会を率いて本当にやりたかったことは何だったろうか。自衛隊に乱入して憲法改正を訴えることではなかった。本当にやりたかったのは、皇居突入だった。その最終局面で、彼は何をしようとしたのか。それは、楯の会会員たちにも明らかにされなかったことであり、それゆえに、彼と会員たちとのあいだに齟齬を残した原因でもあった。

三島が磯田に語ったことは本当なのだろうか。「天皇を殺したい」とはあまりにも恐ろしい言葉である。そのとおりのことを三島が言ったかどうかの判断は、慎重でなければならない。しかし、そのとおりの言葉ではなかったとしても、それに近いことを三島は言ったのかもしれない。そう考える根拠は、古林との対談で展開されているバタイユ論である。

十名の決死隊の日本刀は、昭和天皇に向けられるものだったのかもしれない。

三島においては、「天皇死守」という言葉は、昭和天皇の身柄を守る、という意味にはなりえないだろう。ザインとしての昭和天皇に対する三島の見方はつねに否定的である。

彼は言っている。「ぼくは、むしろ天皇個人にたいして反感をもつてゐるんです。ぼくは戦後における天皇人間化といふ行為を、ぜんぶ否定してゐるんです」(『三島由紀夫　最後の言葉』)

天皇を絶対視するということは、ゾルレンとしての天皇を絶対視することであって、それは同時にザインとしての天皇の否定を含んでいる。ゾルレンとしての天皇を絶対視することによってザインとしての天皇を否定する。それが、三島が考え出した、天皇侵犯の論理である。

しかしここで疑問が生じる。三島のバタイユ解釈から天皇への侵犯というテーマが導き出せるとしても、彼の文学作品のうえでそのテーマが取り上げられたことはなかったのではないか、という疑問である。明白なかたちでそれは作品に表現されてはいない。しかしいくつかの作品において、一見したところでは分かりにくいかたちをとりながら、それは表現されている、と私は考える。

昭和天皇への批判が明瞭なかたちで表現されているのは、「英霊の聲」のみである。しかし、ある作中人物が天皇への風刺を含んでいることが明らかな例がある。『絹と明察』における駒沢善次郎である。三島は、先に述べたように磯田光一にそう語っている。村松剛や、奥野健男のような親しい文学者仲間にも、三島自身が直接そう語っている(村松剛『三島由紀夫の世界』、奥野健男

『三島由紀夫伝説』)。村松も奥野も、三島のその言葉を予想外のものとして驚きをもって受け止めている。その象徴性や風刺性は、作者自身から指摘されなければ気が付かれないようなものだったからだろう。

『午後の曳航』という小説も天皇批判を含んでおり、主人公の少年たちによる殺人には、天皇殺害の寓意が込められている、と考えられる。主人公の少年登は、母親と二人暮らしをしている。彼は、母の恋人である二等航海士の龍二を英雄視している。しかし龍二は、海の生活を捨てて、母と結婚し、登の父親になろうとする。そのことが登を失望させる。英雄が凡庸な家庭人になるのを許せない登は、仲間の少年たちと一緒に彼を「処刑」する。

三島は、『絹と明察』について、次のように言っている。

「この数年の作品は、すべて父親といふテーマ、つまり男性的権威の一番支配的なものであり、いつも息子から攻撃をうけ、滅びてゆくものを描かうとしたものです。『喜びの琴』も『剣』も、『午後の曳航』もさうだつた」(「著者と一時間」『朝日新聞』昭和三十九年十一月二十三日)。

『午後の曳航』は、「父親といふテーマ」で、『絹と明察』の系譜に連なっている。そして、『絹と明察』における「父親」が昭和天皇を象徴しているとすれば、『午後の曳航』における「父親」つまり龍二も天皇の象徴であり、龍二が殺害されるということは、天皇殺害の寓意である、とも解釈できる。海で英雄であったが、陸に上がって平和な家庭人になろうとしている龍二は、昭和天皇を指すであろう。海は戦中の日本を、陸は戦後の日本を象徴している。

天皇殺害のテーマを含んでいるもうひとつの作品としては、やはり『英霊の聲』があげられる。
堂本正樹は、『英霊の聲』の最後の部分について、奇妙なことを言っている。この小説の末尾で、霊媒の「川崎君」は、「などてすめろぎは人間《ひと》となりたまひし」と繰り返しながら、息絶えてしまう。そして小説は次のように終わる。

死んでゐたことだけが、私どもをおどろかせたのではない。その死顔が、川崎君の顔ではない、何者とも知れぬと云はうか、何者かのあいまいな顔に変容してゐるのを見て、慄然としたのである。

堂本は、三島からひとつの「秘伝」を授かったという。堂本は言う。

この最後の「何者かのあいまいな顔」が誰かという事。それが「古今伝授」にも比すべき「秘事」。「一子相伝」ならぬ「一弟相伝」だというのである。

（堂本正樹『回想　回転扉の三島由紀夫』）

三島は堂本に、この顔が誰の顔だと言ったのだろうか。それがだれか特定の人物を指すとすれば、小説の内容から判断して、昭和天皇以外には考えられないのではないか。

最後に、『奔馬』において飯沼勲に殺害される蔵原武介である。
『春の雪』において、松枝清顕はあるとき不思議な夢を見る。夢のなかで彼は、やがて彼が転身することになる飯沼勲の姿をしており、夢は、勲がやがて行う行為を象徴的に予告している。

そのとき光が翳《かげ》って、空の一角からあらはれた鳥の渡りが、おびただしい囀《さへづ》りと共に頭上へ迫つてきたとき、清顕は空へ向けて猟銃の引金を引いた。彼はただ無情に撃つたのではない。いひしれぬ怒りと悲しみのやうなものに身内がいつぱいになつて、鳥へといふよりは、大空の巨大な青い目をめがけて撃つたのである。

すると撃たれた鳥は一せいに落ちて来て、叫喚と血の竜巻が天と地をつないだ。といふのは、無数の鳥が叫びながら、血をしたたらしながら、一本の太い柱なりに密集して、際限もなく一個所へ落ちてくるので、滝の水がつづいて見えるやうに、いつまでもその落下が、音と血の色を伴つて、竜巻のやうに連続してゐるのである。

そして、その竜巻が見る見る凝固して、天に届く一本の巨樹になった。無数の鳥の屍《しかばね》を固めてできた樹であるから、幹も異様な褐紅色をしてゐて、枝葉はない。（略）

彼は天日を覆うてゐたものを自分が払つたのだと誇らしく感じた。

血が凝固してできた、天と地を結ぶ巨樹。まさに垂直のエロティシズムである。

勲が、『奔馬』で殺害するのは、財界の大物、蔵原武介である。その殺害に成功してのち、勲は切腹して果てる。しかし蔵原は、悪の権化のような人物ではない。人間的な愛すべき人物である。三島は彼をこう描写する。

辺幅を飾らない人柄にわざとらしいところはみぢんもなく、堅苦しい話しかできない口ぶりに愛嬌がにじみ、左翼漫画に出てくる金融資本家とは似ても似つかなかつた。彼の腰かけるところには必ず自分の脱いだ帽子があり、背広の二番目の釦《ボタン》が三番目の釦穴とふしぎに親密になり、ネクタイはカラーの上から締められる傾きがあり、自分の右側の皿のパンへどうしても手が出るのだった。

彼は、「財界のローマ法王」とも言われる清廉な人物であり、また、貧しい農村出身の兵士の身の上に涙をながすこともある。勲によって殺害される人物が、なぜこのように善良無比でなければならないのか。そのことについては、三島研究者のあいだで掘り下げた議論がなされてこなかったように思われる。

蔵原武介は昭和天皇を表している、と解釈することができるのではないか。引用部分は、挙措が不器用で、服装にも無頓着であった昭和天皇を意識しての表現であろう。

勲が崇める天皇は、観念的な理想的天皇であって、現実の天皇ではない。ゾルレンとしての天皇である。ザインとしての天皇は、この小説では、蔵原武介の姿をとって描かれている。まさに勲は、ゾルレンとしての天皇を守るために、ザインとしての天皇を殺害したのである。

「英霊の聲」は、三島の積年の問題に彼なりの答えを出した作品である。

先に述べたように、「綾の鼓」は、プラトンのエロティシズムに依拠した作品である。三島は、古林との対談で、「鳴るはずのない綾の鼓を」「懸命になつて打ちつづける男のせつない努力」は、彼の天皇に対する思いと同じだと言っていた。しかし、「綾の鼓」の発表は昭和二十七年である。このとき三島は、プラトン的エロティシズムを天皇と結びつけてはいなかったと思われる。その頃はまだ天皇への関心は低かったはずである。その後、おそらく「憂国」を発表した前後から、天皇とプラトン的エロティシズムが結びつけられるようになったと思われる。

「綾の鼓」においては、目標への到達不可能性がテーマであった。しかし、「英霊の聲」においては、エロティシズムの頂点への到達の可能性が明確にされる。しかも、そこに到達されなかった場合には、エロスの対象に対する恐るべき呪詛に反転するという方向が示されたのである。

二・二六事件の青年将校たちの霊は、天皇への思いを「恋」と言う。彼らは言う。「恋して、恋して、恋して、恋狂いに恋し奉ればよいのだ」。天皇への恋といえば、「恋闕《れんけつ》」という言葉が連想される。しかしおそらく、三島はここで、日本的な恋闕の情を、プラトンが『パイドロス』で触れた「恋の狂気」と重ね合わせている。

プラトンによれば、恋人たちの狂気は神聖なものである。その狂気とは、彼らの魂がかつて見た

「真実の〈美〉を想起し、翼を生じ、翔け上ろうと欲して羽ばたきするけれど、それができずに、鳥のように上の方を眺めやって、下界のことをなおざりにする」（藤沢令夫訳）状態のことである。

「英霊の聲」では、その恋が成就するときとは、次のようなときである。

われらは夢みた。距離はいつも夢みさせる。いかなる僻地、北溟《ほくめい》南海の果てに死すとも、われらは必ず陛下の御馬前で死ぬのである。しかしもし『そのとき』が来て、絶望的な距離が一挙につづめられ、あの遠い星がすぐ目の前に現はれたとき、そのかがやきに目は盲《めし》い、ひれ伏し、言葉は口籠《くごも》り、何一つなす術《すべ》は知らぬながらも、その至福はいかばかりであらう。死を賭けたわれらの恋の成就はいかばかりであらう。その時早く、威ある清らかな御声《みこえ》が下《くだ》って、ただ一言、『死ね』と仰せられたら、われらの死の喜びはいかほど烈しく、いかほど心満ち足りたものとなるであらう。

天皇から「死ね」と言われたとき、「距離が一挙につづめられる」、つまり、プラトン的エロティシズムの階段の頂点に上り詰めることができる。ここで夢想されている「至福」は、プラトンが『パイドロス』で描いたような、魂が天球のはての「真実在」の世界を見たときの喜びに相当する。

いま久方ぶりに真実在を目にしてよろこびに満ち、天球の運動が一まわりして、もとのところまで運ばれるその間、もろもろの真なるものを観照し、それによってはぐくまれ、幸福を感じる。

（藤沢令夫訳）

もうひとつ、「英霊の聲」で示された、積年の問題に対する答えとは、「なぜ神風は吹かなかったのか」という問いに対する答えである。

先に見たように、「海と夕焼」では、安里《アンリ》は、海が分れる奇跡が起こらなかったことに失望した。そしてそこでは、「なぜ海は分かれなかったのか」という問いには、ついに答えがなかった。答えのない問いを抱きながら、安里はニヒリズムに沈潜した。すでに述べたように、海が分れる奇跡とは、神風が吹くという日本人の奇跡待望を、西欧的に文学化したものである。

安里は自分がいつ信仰を失つたか、思ひ出すことができない。ただ、今もありありと思ひ出すのは、いくら祈つても分れなかつた夕映えの海の不思議である。奇蹟の幻影より一層不可解なその事実。何のふしぎもなく、基督の幻をうけ入れた少年の心が、決して分れようとしない夕焼の海に直面したときのあの不思議……。

「英霊の聲」でも、特攻隊員として死んだ霊は、「なぜ神風が吹かなかつたのか」と何度も繰り返し自問する。「何故だらう」「何故だらう」。

しかし、「海と夕焼」とは違って、この小説では、特攻隊員の霊はついにその理由が明らかになった、と言う。それは、天皇の「人間宣言」のためである。天皇が、神であるべきときに人間であろうとしたからである、と言う。

日本の現代において、もし神風が吹くとすれば、兄神たちのあの蹶起《けっき》の時（引用者注▼二・二六事件の蹶起）と、われらのあの進撃の時と、二つの時しかなかつた。その二度の時を措いて、まことに神風が吹き起り、この国が神国であることを、自ら証《あか》する時はなかつた。そして、二度とも、実に二度とも、神風はつひに吹かなかつた。

何故だらう。（略）

われらは神界から逐一を見守つてゐたが、この『人間宣言』には、明らかに天皇御自身の御意志が含まれてゐた。天皇ご自身に、

『実は朕は人間である』

と仰せ出されたいお気持ちが、積年に亘《わた》つて、ふりつもる雪のやうに重みを加へてゐた。それが大御心《おおみこころ》であつたのである。（略）

昭和の歴史においてただ二度だけ、陛下は神であらせられるべきだつた。何と云はうか、人間としての義務《つとめ》において、神であらせられるべきだつた。この二度だけは、陛下は人間であらせられるその深度のきはみにおいて、正に、神であらせられるべきだつた。それを二度とも陛

下は逸したまうた。もつとも神であらせられるべき時に、人間にましましたのだ。（略）歴史に『もし』は愚かしい。しかし、もしこの二度のときに、陛下が決然と神にましましたら、あのような虚しい悲劇は防がれ、このやうな虚しい幸福は防がれたであらう。

さらに、特攻の英霊は、次のように言う。

神の階梯《かいてい》のいと高きところに、神としての陛下が輝いてゐて下さらなくてはならぬ。そこにわれらの不滅の根源があり、われらの死の栄光の根源があり、われらと歴史とをつなぐ唯一条の糸があるからだ。そして陛下は決して、人の情と涙によつて、われらの死を救はうとなさつたり、われらの死を妨げようとなさつてはならぬ。神のみが、このやうな非合理な死、青春のこのやうな壮麗な屠殺によつて、われらの生粋の悲劇を成就させてくれるであらうからだ。さうでなければ、われらの死は、愚かな犠牲にすぎなくなるだらう。われらは戦士ではなく、闘技場の剣士に成り下るだらう。神の死ではなくて、奴隷の死を死ぬことになるだらう。

「神の階梯のいと高きところ」とは、もちろん、プラトン的エロティシズムの階段を指す。三島においては、神である天皇から「死の栄光」が与えられることによってのみ、上昇のエロティシズムは完成されるのである。

『奔馬』において、人間愛の権化であるような蔵原武介が殺されなければならなかった理由は、もはや明らかであろう。彼は昭和天皇を表しており、三島が考えるような神であるよりは、「人の情と涙」をもつ人物だったからである。天皇が神であるならば、一言、「死ね」と言って至福の死を与えるものでなければならない。人間天皇の「情と涙」は、勲によって理想化された天皇の顕現を「妨げる」ものでしかなかった。

三島は皇居突入計画において何をしようとしたのだろうか。その具体的な内容はほとんど分からない。推測できる資料があまりにも少ない。二・二六事件において計画されていながら実行できなかった宮城封鎖をしようとしたのか。それができるだけの多数の自衛隊員を動員することができたのか。分からない。さらに楯の会会員たちにどのようなことをさせたかったのかも分からない。

また、磯田の伝える「天皇を殺したい」という言葉にも、やはり疑問が残る。伝聞による不確実性ということもあるが、どのような状況に至れば、天皇を殺傷するというような事態が可能になるのか。具体的な状況が想像しにくい。比喩的あるいは象徴的な意味で、「天皇を殺したい」と言ったのかもしれないとも思ってみるが、やはり分からない。

いつの日か、関係者の証言によってその具体的な内容の一端が明らかになることを期待したいが、永遠の謎のまま終わるかもしれない。

皇居突入計画において三島は、「英霊の聲」における、人間宣言をした天皇への批判、そしてバタイユ的な聖なるものへの侵犯という文学的テーマを、なんらかの具体的な行動によって示そうとした。推測できるのは、そのような文学的意味づけだけである。

おわりに　三島由紀夫を相対化するために

ゾルレンとしての天皇、つまり理想化された絶対者としての天皇によって、ザインとしての天皇を否定しなければならない、という三島の主張。そしてそれゆえの、昭和天皇の「人間宣言」に対する激しい拒絶。このことを、われわれはどう考えたらよいのだろうか。これを三島個人の文学的問題として考えれば、それはひとつの過激なロマンティシズムの到達点とみなすことができる。しかし、問題は日本の現実の歴史に関わることである。二・二六事件や敗戦という歴史的事件について、三島の解釈をそのまま追認することはあまりにも危険である。われわれは、三島の思想を相対化する必要に迫られている。

三島は意外なことを言っている。古林との対談のなかにおいてである。

もし神がなかつたら、神を復活させなければならない。神の復活がなかつたら、エロティシズムは成就しないんですからね。ぼくは、さういふ考へ方をしてゐるから、無理にでも絶対者を復活させて、そしてエロティシズムを完成します。

また、次のようにも言っている。

天皇でなくても封建君主だつていいんだけどね。「葉隠」における殿様が必要なんだ。つまり階級史観における殿様とか何とかいふものぢゃなくて、ロイヤリティの對象たり得るものですよね。

三島はここで、すっかり手の内を明かしている。自分の手で、自分の思想を相対化してみせている。一週間後に死を控えていることが、そうさせたのかもしれない。

天皇でなくともよかった。「葉隠」における殿様が必要だったのだ、と彼は言う。しかも、彼の天皇は、無理やり復活させられた絶対者である、とも言われている。「無理にでも」ということは、もちろん、天皇が絶対者でないことを前提としている。なぜ「無理にでも絶対者を復活」させる必要があるのか。それは、エロティシズムの成就のためだ、と言う。

エロティシズムの成就とは何か。

三島のエロティシズムの根底にあるのは、彼の肉体に宿る抑えきれない欲望、つまり切腹願望である。彼は、それに対してなんらかの決着をつけなければならなかった。根本的には、それが彼の活動を文筆の世界に限定させておくことができなかった理由であろう。

しかし彼は、その欲望を充足させることだけでは満足できなかった。彼は、サドにならって、その特異な欲望をもっと大きな思想的な枠組みのなかで充足させようとした。それはニヒリズムを克服するための、絶対者への侵犯という思想である。

彼の理論によれば、神が死んだとき、神を復活させるためには、その絶対者である神を侵犯しなければならない。それは、ニヒリズムに陥った人間のとるひとつの絶望的な試みである。

切腹願望。天皇をキリスト教の神に相当する絶対者と位置づけること。そして、その絶対者としての天皇を、侵犯すること。それ全体が、彼の言うエロティシズムの成就である。昭和天皇の人間宣言は、彼に、侵犯のための絶好の根拠を与えた。そのようなエロティシズムの成就は、自衛隊乱入事件では、果たせなかったものである。皇居突入計画においてのみ可能なことであった。

「英霊の聲」において、エロティシズムの論理が完成されたとき、次の段階として、その論理を自分の肉体の行動によって実践することは、三島にとって必然的なことだったのだろう。

先に引用したように、彼は『文化防衛論』の「あとがき」で、そこに収められた文章は、「行動の決意を固める」ためのものであった、と言っていた。そしてまた、「『英霊の聲』を書いたのちに、こうした文章を書くことは私にとって予定されていた」とも言っていた。「行動の決意」と言ったとき、彼が見据えていた「行動」とは、皇居突入だったと思われる。

古林との対談で、三島は、天皇を絶対者とみなすことは、「エロティシズムの成就」のために必要だったのだ、と言った。さらに、それが天皇である必要もなかったとさえ言った。その発言は、天皇を絶対者とする彼の論理が虚構のものであることを、みずから暴露している。つまり、「英霊の聲」における、絶対者として理想化された天皇観も、神であることを否定した人間天皇への呪詛も、すべて虚構ということになる。エロティシズムを成就させるための虚構である。

しかしここで問題がある。その虚構の論理の構成は、文学の方法論と切り離された場合、それなりに一般的な説得力をもつということである。それは、「結末」を必然と見せるためのプロセスの論理であって、そのプロセスそのもののなかには三島の思想はない。しかし、そのプロセスの論理を三島の思想とみなす人々は多い。いや、そう受け取る人がほとんどであろう。そのためにも、そのプロセスの論理は、文学的虚構として却下されるだけでは不十分である。それが、客観的な歴史的事実としてもありえないこととして否定しておく必要がある。

ここでひとつの歴史上の事件に目を向けることで、三島由紀夫を相対化するひとつの契機としたい。それは、二・二六事件とよく似ていながら、「ザインとしての天皇」が現実的な圧倒的力を示すことによって「ゾルレンとしての天皇」の虚妄性を明らかにした事件である。それは昭和二十年八月十五日の「宮城事件《きゅうじょう》」である。

昭和二十年八月十五日、終戦に反対する陸軍の過激な一部の将校のあいだで、クーデターを敢行する計画があった。首謀者たちは、終戦の詔勅の録音盤奪取を企て、徹底抗戦を訴えようとした。彼らは、森赳《もりたけし》近衛師団長を殺害したうえ、ニセの師団長命令によって近衛歩兵連隊を出動させて、皇居を占拠しようとした。詳細は半藤一利の『日本のいちばん長い日』に述べられている。これは昭和四十二（一九六七）年、岡本喜八監督によって映画化され、さらに昨年（平成二十七年）、原田眞人監督によって再び映画化され、話題となった。首謀者たちの企ては、彼らなりのゾルレンとしての天皇によって、ザインとしての天皇を否定する行為だった。

彼らによれば、ポツダム宣言を受諾して戦争を終わらせようとする天皇の判断は、君側の奸に唆されたものであって、天皇の真意ではない。徹底抗戦こそが、君民一体の国体の精神にかなうものであると考えられた。

彼らの試みは失敗したが、もし成功して徹底抗戦となったならばどうなっただろうか。結果は明白である。現実に起こったよりもはるかに悲惨な壊滅的な日本の敗北である。それは日本にとっては自殺行為でしかない。天皇の終戦の意志は、君側の奸に唆されたものではなかった。彼らにとってのゾルレンとしての天皇は虚妄でしかなかった。きわどいところで日本を救ったのは、ザインとしての天皇つまり人間天皇だった。

三島は磯田光一に、「人間宣言をしてから、天皇はだめになった」と言ったとされる。それでは、天皇が人間としての判断をしなかったならば、つまり神であり続けたならば、日本のその後はどうなっただろうか。おそらく三島は、「その後」のことは考えていない。ゾルレンとしての天皇が虚妄であることを承知のうえで、その虚妄を胸に抱きながら、美しく死ぬことが彼の念願だったのだろう。それは一種の終末願望である。彼がよく言う「最後のものとして」生きるというのはそういうことであろう。「反革命宣言」において三島は言っている。「我々は、護るべき日本の文化・歴史・伝統の最後の保持者であり、最終の代表者である」。

終戦にあたっての昭和天皇の考えはそれとは正反対である。終戦の「聖断」で天皇は言う。「日本がまったく無くなるという結果にくらべて、少しでも種子が残りさえすればさらにまた復興という光明も考えられる」。その言葉のとおり、日本は復興した。天皇は、日本の終わりではなく、存続を望んだ。

天皇を絶対者と位置づけなければならないという三島の立場を相対化する視点も、ここで提示しておきたい。

しばらく前に、ダン・ブラウンの『ダ・ヴィンチ・コード』という小説が世界中で評判になった。この小説におけるイエスは、伝統的なキリスト教神学におけるイエス・キリストとは異なる。そのことが一部の保守的なキリスト教徒の反発を呼んだ。伝統的なキリスト教神学によれば、歴史上のイエスは、神が人間の姿をとって現われたものであり、その神であるキリストが、人類の罪を贖うために十字架に架けられた。その十字架を信ずることによってのみ、人間は救われるとされる。

『ダ・ヴィンチ・コード』におけるイエスは、神ではなく、人間である。しかし、神でなくなったことで、その尊厳が失われたわけではない。民衆を救う彼の行動と愛の言葉は、永遠の生命をもち続ける。

それとある程度似たことが、ゾルレンとしての天皇と、ザインとしての天皇にも言えるのではないか。特に昭和の歴史は、そのふたつの天皇観の相克が際立った時代だった。戦争を推し進めようとする勢力は、ゾルレンとしての天皇を押し立てて、ザインとしての天皇の声に耳を貸さなかった。そしてその結果の惨憺たる敗戦後、日本の平和を築くために先頭に立ったのがザインとしての天皇だった。

三島は「英霊の聲」で、二・二六事件と敗戦時の二回、天皇は「もつとも神であらせられるべき時に、人間にましました」と言った。しかしその人間天皇としての判断が、日本の危機をどれだけ救ったかわからない。人間天皇こそが、まがりなりにも平和であり続けた戦後七十年の礎を築いた。

【著者】
鈴木宏三
…すずき・こうぞう…
1945年仙台市生まれ。現在、山形大学名誉教授。1968年東北大学大学院文学研究科修士課程(英文学専攻)修了。山形大学教養部、人文学部教授。2004年退職。専門は、17世紀英文学、とくにジョン・ダンの研究。他方で、兄・鈴木邦男(元一水会顧問)の影響で、三島事件へも関心を持ち続けてきた。三島を政治的にではなく、文学的にとくに西欧的な知の枠組みのなかで理解することが必要と考えている。

フィギュール彩 56
三島由紀夫《みしまゆきお》　幻《まぼろし》の皇居突入計画《こうきょとつにゅうけいかく》
二〇一六年五月二十日　初版第一刷

著者――鈴木宏三
発行者――竹内淳夫
発行所――株式会社 彩流社
〒102-0071
東京都千代田区富士見2-2-2
電話：03-3234-5931
ファックス：03-3234-5932
E-mail：sairyusha@sairyusha.co.jp
印刷――明和印刷(株)
製本――(株)村上製本所
装丁――仁川範子

ISBN978-4-7791-7060-7 C0395
http://www.sairyusha.co.jp